很少有文体能像科幻作品这样既有文学性，又有科学的想象力。科幻能帮助孩子们建立起理性思维，培养孩子的想象力，留住孩子的好奇心。创作出让孩子能看得懂的少年科幻作品，是我一直坚持的目标。

杨鹏

沿着河岸的光滑石头往前走很容易。虽然运河表面依然部分冰封，但好在天气暖和。太阳高照，和拂晓时相比，此刻太阳与赤道的距离近了800多千米。

他们开始穿越植被区，步行的速度刚刚够让植物给他们让出一条路。沼泽周围的植物比运河旁的矮，高度勉强到肩膀，叶片也较小。

他们在半道中顺便去了一个房间。他们到达时，房间里黑漆漆的，但一行人刚进去，房间就变得亮堂起来。吉姆看见从地面到房顶排列着许多小壁龛，每个壁龛里都有一只蹦蹦兽，蹦蹦兽彼此间都很相似。

希望所有的孩子，
在领略科幻小说的大气磅礴后，
对世界永葆一颗单纯的少年之心。

给少年的科幻经典

Red Planet

火星少年

[美] 罗伯特·海因莱因　著

姚人杰　译

APGTIME
时代出版
时代出版传媒股份有限公司
安徽科学技术出版社

［皖］版贸登记号：12242142

图书在版编目（CIP）数据

火星少年 /（美）罗伯特·海因莱因著；姚人杰译 .
合肥：安徽科学技术出版社，2024. 9. --（给少年的
科幻经典）. -- ISBN 978-7-5337-8726-4

Ⅰ. I712.84

中国国家版本馆 CIP 数据核字第 20240GS406 号

火星少年
HUOXING SHAONIAN

［美］罗伯特·海因莱因　著
姚人杰　译

出 版 人：王筱文　　　　选题策划：高清艳　李梦婷　　　责任编辑：李梦婷
特约编辑：潘丽萍　　　　责任校对：李 茜　　　　　　　责任印制：廖小青
封面设计：陈忆航
出版发行：安徽科学技术出版社　　　　http://www.ahstp.net
　　　　　（合肥市政务文化新区翡翠路 1118 号出版传媒广场，邮编：230071）
　　　　　电话：（0551）63533330
印　　制：安徽新华印刷股份有限公司　电话：（0551）65859551
　　　　　（如发现印装质量问题，影响阅读，请与印刷厂商联系调换）

开　本：635×900　1/16　　印张：17　　插页 4　　字数：167 千
版　次：2024 年 9 月第 1 版　　　　　2024 年 9 月第 1 次印刷

ISBN 978-7-5337-8726-4　　　　　　　　　　　　　定价：35.00 元

打开少年科幻阅读之门

杨　鹏

少年科幻作品的创作，一直存在着两种创作本位，即"儿童本位"与"成人本位"。虽然作者在创作时，未必能意识到这一点，但不同的创作本位，在看到的世界图像、展现的精神图景、表现的语言状态、展示的文本形态等方面，都是不一样的。

"儿童本位"是指作者始终站在少儿受众的本位去创作少年科幻作品。在他们的眼中，少儿和成年人一样，是完整、独立的，和成年人完全平等（甚至是更加聪明、具有后喻文化优势、不需要成年人去训诫的"人"）。他们从少儿作为"人"在这一时期的心理特点、兴趣爱好、知识需求、理解能力、阅读期待、与成年人及世界的关系等方面进行创作。作者的态度是防御性的，他们认为少儿的想象力和优秀品质是与生俱来的，成年人的某些僵化的思维与陋习会对孩子的童年和想象力造成损害，因此他们需要不遗余力地保护孩子的童年与想象力。这类作者是少年和儿童的代言人。他们在创作作品时，虽然不能完全放弃其作为成年人的一些特质，如成年人的世界观、价值观等，但他们是在有意识的状态下最大限度地舍弃了其成年人的角色，返回了童年。其实，许多作家内心深处的某一部分从未长大，永远停留在童年或者少年时期的某个阶段，所以他们清晰地记得自己在那个阶段的爱好、需求、对语言的感受、对成年人的看法、对世界的判断，以及什么样的科幻作品最能引起他们的兴趣。因此，他们不需要俯身去迁就少儿读者，只需要按照内心深处那个永远长不大的孩子的眼光、爱好、需求去创作，就能轻而易举地写出俘获少儿读者的科幻小说。

"成人本位"则是以创作者个人的成年人角色为本位去创作少年科幻作品。这一类作家在创作时会坚守自己的成年人视角、思维和理念。在他们的眼中，少儿是"不完整的人"，需要他们用科幻小说去潜移默化地植入正确的科学知识、科学理念、科学方法、科学思维，需要他们以代表人类先进文化、具有前瞻性的科幻小说为武器去抵御外来不良文化和愚昧思想的入侵。他们坚信只有这样，少儿在成长中才不会误入歧途，才能拥有正确的价值观，才能成长为优秀的"人"。这类作者认为他们是少年和儿童的教育者，他们也在保护着少年和儿童。不过，"儿童本位"作家抵御的对象是所有长大的成年人，而"成人本位"作家抵御的对象是与他们世界观不一样的成年人。这类作者在创作少年科幻小说时会俯下身去模仿儿童。他们中的大多数完整地度过了自己的童年，基本上没有童年创伤，但他们的童年经验是模糊、不完整的，甚至是缺失的。他们的创作经验多来自创作成人科幻小说的经验。他们只是将主人公或主要角色转换成少年或儿童，运用他们心目中的儿童语言去为少年和儿童创作。他们在讲科学原理时，只不过是采用了更加浅显的讲述方式，在创作心态上始终高于儿童。

此外，对于未成年人来说，不同的年龄阶段对作品的需求是不一样的。孩子的年龄越小，在成长过程中阅读作品的形态变化就越大。即使到了小学阶段，低年级的孩子与中高年级的孩子阅读作品的形态也是完全不同的。上初中后，阅读作品的形态逐渐稳定下来，初中生和高中生阅读的作品只是知识和语言难度上的区别。由于这个原因，少年科幻作品在文本形态，如人物塑造、语言结构、故事性、知识程度等方面都是不同的，需要细分。"儿童本位"的作者在为小学阶段的孩子创作作品上更具优势，因为他们内心深处的某一部分仍然停留在这一阶段，深谙这一阶段孩子的心理特点、阅读期待和语言习惯。"成人本位"的作者在创作适合中学阶段读者的作品方面更具优势，因为这个年龄段的青少年阅读的作品与成年人的作品已十分相近，没有阅读壁垒和阅读障碍，心理认同上也更趋向于成年人。

"儿童本位"和"成人本位"在创作上没有高下之分。好的作品都是孩子的良师益友。

本丛书收集了中外科幻小说名家专门为孩子创作的优秀少年科幻小说。这些作品同样可以用"儿童本位"和"成人本位"来区分。了解两种不同的创作本位，我们就得到了打开少年科幻阅读之门的一把钥匙。

目 录

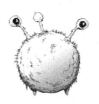

第一章
威利斯

火星上的空气既稀薄又冷飕飕的，但不算冰冷。南半球还没到冬季，白天的气温通常在冰点以上。

站在穹顶建筑门外的奇怪生物大致呈现人形，但没有哪个人类长着那样的脑袋。他的口鼻部位明显凸起，头顶上突出一块像鸡冠一样的东西，眼睛很大，瞪着前方。黑黄相间、酷似虎纹的图案覆盖整个脑袋，使得他的外表显得更加怪异。

这个奇怪生物的腰带上挂有一件像手枪的手持武器，弯曲的右臂搂着一只比篮球大、比健身球小的球。他把球转移到左臂臂弯里，打开建筑物的外侧门，走了进去。

里面有一间很小的准备室和一扇内侧门。外侧门一关闭，准备室里的气压就开始上升，同时伴随着轻柔的叹息声。内侧门上方的扬声器发出隆隆的低音："喂？是谁？说话！说话！"

来客小心翼翼地把那只球放到地上，用双手把他那丑陋的面罩提到脑门上，底下露出一张人类少年的脸。"医生，

我是吉姆·马洛。"他回答道。

"快进来！别傻站在那儿了。"

"进来了。"当准备室里的气压与这座房子其他区域的气压相同后，内侧门自动开启。

吉姆冲着地上的球说："快跟上，威利斯。"接着他就走进了内侧门。

那只球的底部出现三个隔开的凸块。它跟在少年身后，步态结合了旋转、行走和滚动。更准确地说，它就像码头上被人推动的一只桶，连冲带撞地前进。他们走到一条通道尽头，进入一个大房间，这个房间占据圆形房子底层的一半空间。麦克雷医生抬起头看着他们，但没有起身。"你好啊，吉姆。自己脱掉衣服。咖啡在台子上。你好啊，威利斯。"他补了一句后，重新埋头忙工作。他正在给一名与吉姆年纪相近的少年敷药。

"谢谢，医生。哦——你好，弗朗西斯。你在这儿做什么？"

"嗨，吉姆。我杀掉了一只寻水怪，然后被它的一根尖刺弄伤了拇指。"

"别再动来动去了！"医生命令道。

"那玩意儿敷在手上真痛。"弗朗西斯抗议道。

"痛才好得快。闭嘴。"

"你怎么会犯那种错？"吉姆追问道，"你应该清楚，不该触碰那些寻水怪，只要烧掉它们就行了。"他拉开身上户外服的前襟拉链，把户外服从上到下脱去，挂到了门附近的架子上。架子上还挂着弗朗西斯和医生的户外服——前者的面罩被涂上了明亮的颜色，宛如印第安战士涂了颜料的花脸，后者的面罩简单朴素。

吉姆此刻的装束很"有型"，对于火星上的室内生活来说很合适——他只穿了一条亮红色的平角短裤。

"我确实烧了它。"弗朗西斯解释说，"不过，我想要切下它的尾巴做条项链，但在我触碰到它的残骸时，它竟然动了起来。"

"那应该是你没有用正确的方式烧掉它。烧完之后，它体内大概还充满活卵。你做项链是准备送给谁？"

"这不关你的事。而且我确实用正确的方式烧掉了卵鞘。你把我看成什么人了？游客吗？"

"有时候我确实是这么想的。你知道，那些玩意儿要到日落后才会死去。"

"别说胡话了，吉姆。"医生建议道，"弗兰克①，现在我要给你打一剂抗毒素，那不会对你起任何作用，但会让你妈妈放心。大概到明天，你的拇指会肿得像一只中毒的小狗。那时再来找我，我会把它切开，然后做引流手术。"

"我会失去拇指吗？"少年问道。

"不会，但你有好几天要用左手来挠痒痒了。现在，吉姆，你为什么来这儿？是肚子痛吗？"

"不是的，医生。是因为威利斯。"

---

① 弗兰克是弗朗西斯的昵称。

"威利斯吗？它看起来很精神呀。"医生低头注视着威利斯。威利斯站在医生的脚边努力探身，看弗兰克的拇指上敷的药。它从球形身体的最上方伸出三根眼柄。眼柄像拇指一样竖起，形成一个等边三角形，每根眼柄上有一只令人不安的类似人眼的眼睛。小家伙在三个凸块或伪足的支撑下缓缓转身，给每只眼睛一个仔细观察医生的机会。

"给我弄一杯咖啡，吉姆。"医生命令道，再倾身，双手搭成支架状，"到这儿来，威利斯，不用害怕！"威利斯轻轻一跳，落进医生的双手中，并在此过程中把所有凸出物统统缩回。医生把它放到检查台上，威利斯又敏捷地伸出伪足和眼睛。双方注视着彼此。

医生看到的是一个覆盖着短厚皮毛的圆球，那身皮毛宛如被修剪过的绵羊毛皮。此刻，除去伪足和眼柄，这个圆球没有任何五官。

这只火星生物看见的是一位年长的地球男性，身上覆盖着灰白色的硬直毛发。他的头顶毛发稀疏，下巴和面颊上的毛发茂密，胸膛、手臂、后背和双腿上的毛发从浓密到稀疏不等。这个奇怪的非火星生物的身体中段被掩藏在一条雪白的短裤底下。威利斯很喜欢看他。

"你感觉怎么样，威利斯？"医生询问道，"觉得难受吗？"

在球体的顶部，也就是三根眼柄的中间出现一个浅窝，并逐渐扩大为一个开口。"威利斯很好！"它说道。它的声音非常像吉姆的嗓音。

"很好吗？"医生头也没回地说道，"吉姆！再洗一遍杯子，这一次要把杯子消毒。你想让这儿的每个人都患病倒下吗？"

"好吧，医生。"吉姆承认了错误，又对弗朗西斯说道，"你也想要喝咖啡吗？"

"当然。弄淡点，多加点牛奶。"

"别挑三拣四的。"吉姆把手伸入实验室水槽，又抓起一只杯子。水槽里装满了脏餐具，旁边有一只盛满咖啡的大烧瓶在本生灯上慢煮着。吉姆小心翼翼地洗出三只杯子，在消毒柜里过了一遍，然后往里倒入咖啡。

麦克雷医生接过一杯咖啡，说道："吉姆，这位市民说它没事。你还有什么问题？"

"我知道它一定会说自己很好，医生，但它并不好。你就不能检查一下它，查个明白？"

"检查它？怎么检查？我甚至没法量它的体温，因为我不知道它的正常体温该是多少。我对它身体的化学性质并不比一头猪对拍手游戏更了解。难道你想让我把它切开，看看是什么在让它运转吗？"

威利斯迅速地缩回所有凸出物，变得像一个台球一样毫无特征。"你吓到它了。"吉姆指责道。

"对不起。"医生伸出手，开始给毛茸茸的圆球挠痒痒，"威利斯乖，威利斯棒，没人会伤害威利斯。伙计，赶紧从你的洞里出来。"

威利斯几乎没有张开传音膜上方的括约肌。"不会伤害威利斯？"它用吉姆的嗓音不安地问道。

“不会伤害威利斯，我保证。”

“不会切开威利斯？”

“不会切开威利斯，一点儿也不会。”

威利斯的眼柄慢慢伸出来。尽管它没有类似脸庞的构造，但不知怎么的，它还是设法露出了小心戒备的表情。

“这才对嘛。”医生说道，“我们说重点吧，吉姆。是什么让你觉得这个小家伙有问题？它和我都觉得没问题。”

“这个嘛，医生，是它的行为方式。它在室内一切正常，但在户外——它过去跟着我到各个地方，总是会蹦蹦跳跳的，还会用鼻子闻这儿闻那儿。”

“它没有鼻子。”弗朗西斯点评道。

“你说对了。但是如今当我带它出门时，它只会缩成一个球，我无法从它那儿得到任何反应。要是它没有生病，它怎么变成那样子呢？”

“我开始有些明白了。”麦克雷医生答道，“你和这个球成为搭档有多久了？”

吉姆回想了这一个火星年的24个月①。

“从宙斯月底，快到诺凡月的时候，一直到现在。”

“今天是马驰月的最后一天，几乎就是刻瑞斯月，夏天已经过去了。这有没有让你想到什么？”

“没有。”

①小说中的火星历法有24个月，具体名称是地球上的12个月份名与作者编造出的12个月份名相互穿插。

"你期望它在雪地里蹦蹦跳跳？寒冷时我们会迁徙到别处，而它可是一直住在这儿。"

吉姆惊讶地张大嘴，说："你的意思是，它在试图冬眠？"

"还有别的什么可能？威利斯的祖先用了千百万年的时间来适应这儿的季节变迁。你没法要求它忽略季节的变化。"

吉姆一脸担忧。"我原本打算带着它一起去小瑟提斯。"

"小瑟提斯？哦，对了，你今年要离开这儿去学校，对吧？你也是，弗兰克。"

"确实！"

"你们这些孩子长得也太快了。上个星期，我还在给你们的大拇指涂苦甲水，防止你们吮吸手指。"

"我从不吮吸大拇指！"弗朗西斯答道。

"是吗？那么就是另一个孩子。别介意。我来到火星，为的就是让自己的寿命变成地球上的两倍，但外表看起来没有任何变化。"

"医生，你多大岁数？"弗朗西斯询问道。

"管好你自己的事。你们中哪个会学医，再回来帮助我执业？"

两个少年谁也没有回答。

"大声说出来，大声说出来！"医生催促道，"你们打算学什么？"

吉姆说："呃，我不知道。我对火星地理感兴趣，但我也喜欢生物学。也许我还会像我老爸一样，当个行星经济学家。"

"那是个大学科，应该会让你忙上好长时间。你呢，弗兰克？"

弗朗西斯看上去有点窘迫。"这个嘛，呃——我依然觉得我想要当一名火箭飞行员。"

"我以为你已经放弃了那个梦想。"麦克雷医生的神情简直能用震惊来形容。

"为什么不呢？"弗朗西斯固执地答道，"我也许能实现。"

"那正是我担心的事。你瞧，弗兰克，你真的想要过一种被规章制度和严格纪律束缚的生活吗？"

"嗯……我想要当飞行员。我知道这一点。"

"你得为自己的决定承担责任。我离开地球就是为了逃离那些荒诞愚蠢的规定。地球已经被各种法规条文困住，人们都喘不过气来了。至今为止，火星上依然保有一定程度的自由。当这一点改变——"

"当这一点改变后会怎样，医生？"

"我自然会找到另一颗尚未被糟蹋的行星。对了，说到这些事，你们这帮年轻人会在移民地迁徙之前去学校，对吧？"

因为地球人不冬眠，所以移民地必须在每个火星年里迁徙两次。南方移民地居民夏季时在纬度离南极仅有30度远的哈喇克斯度过，而现在他们即将迁徙到乌托邦平原的科派斯，几乎要到火星北极了。他们将在那儿度过剩下的一半火星年，或者说差不多一整个地球年。

在火星赤道附近有一些常年存在的居住地，如新上海、火星港、小瑟提斯等，但它们并非真正的移民地，居住在那里的人主要是火星公司的雇员。按照契约和特许状，火星公司必须在火星上向移民地居民提供先进的地球教育。然而火星公司只愿意在小瑟提斯提供这类教育。

"我们下周三出发，"吉姆说，"乘坐雪地车。"

"这么快？"

"是的，那也是我担心威利斯的原因。我该做些什么，医生？"

威利斯听到自己的名字，好奇地看着吉姆。它惟妙惟肖地模仿吉姆，重复道："我该做些什么，医生？"

"闭嘴，威利斯！"

"闭嘴，威利斯！"威利斯同样完美地模仿了医生说的话。

"最仁慈的做法大概是带它到户外，给它找一个洞，把它放进洞里。等它结束冬眠后，你就可以与它重逢。"

"但是，医生，那意味着我会失去它！在我从学校回到家之前，它早就从洞里出来了。哎，甚至在移民地还未迁徙回来时，它大概就醒过来了。"

"大概吧。"麦克雷思忖起来，"它再次独立生活也不是坏事。它和你一起过的生活不符合它的天性，吉姆。它有选择的权利，你知道的。它不是一件物品。"

"它当然不是物品！它是我的朋友。"

"我不明白，"弗朗西斯插话进来，"吉姆为什么这么重视它。是的，它会说许多话，但大多数时候就和鹦鹉学舌差不多。如果你问我的话，我觉得它是个蠢蛋。"

"没人问你。威利斯喜欢我，对不对，威利斯？来，到爸爸这儿来。"吉姆张开双臂。小巧的火星生物蹦到他的怀抱中，在他的膝头安顿下来。威利斯暖乎乎、毛茸茸的，还在微微颤动。吉姆抚摸着它。

"你为什么不问问某个火星人呢？"麦克雷建议道。

"我试过，但我找不到一个肯理我的火星人。"

"你的意思是，你没有等得足够久。如果你有耐心的话，火星人会理你的。你为什么不问问它？它可以代表自己说话。"

"我该说什么？"

"我来尝试一下。威利斯！"

威利斯把两只眼睛转向医生。

麦克雷医生继续说道："你想去户外睡觉吗？"

"威利斯不想睡。"

"在户外会变得想睡觉。外面很冷，你在地里找个洞，蜷缩起来好好地睡一觉，怎么样？"

"不！"医生不得不仔细辨别，才确认不是吉姆在回答。当威利斯代表自己说话时，总是使用吉姆的声音。威利斯的传音膜本身没有什么特性，比收音机扬声器的音膜好不到哪里去。

"虽然这回答听起来很明确了，但我们要从另一个角度考虑。威利斯，你想和吉姆待在一起吗？"

"威利斯和吉姆待在一起。"威利斯在冥想中补充道，

"暖和！"

"那就是你吸引它的关键，吉姆。"医生干巴巴地说道，"它喜欢你血液的温度。好吧，把它留在你身边吧，我认为这样不会伤害到它。它也许只能活50年，而不是100年，但它会获得两倍的乐趣。"

"它们通常会活到100岁吗？"吉姆问道。

"谁知道呢？我们在这颗星球上待的时间还不够久，无法弄清这些事。现在你俩赶快出去，我还有工作要做。"医生若有所思地打量自己的床铺。他的床有一周没有铺过了，他决定等到洗衣日再说。

"医生，"吉姆提议道，"今晚你为什么不和我们一起用晚餐呢？我会打电话给妈妈。你也一起来，弗兰克。"

"呃，"弗朗西斯谢绝道，"我最好还是别去了，我妈妈说我和你们一起吃得太频繁了。"

"假如我的妈妈在这儿，她毫无疑问也会说同样的话。"医生承认道，"幸好我不用再听她说教了。吉姆，给你妈妈打个电话。"

吉姆走向电话机，调整频率屏蔽掉两个移民地家庭主妇聊育儿的声音，最终以另一个频率打到他家里。当他母亲的脸出现在屏幕上时，他说出了自己的想法。"很高兴能邀请医生和我们一起用餐，"他妈妈说道，"让医生赶快来，吉姆。"

"马上就来，妈妈！"吉姆关掉视频电话，伸手去拿他的户外服。

"别穿了。"麦克雷建议道，"外面太冷了。我们从地道过去。"

"那样路程要翻倍。"吉姆反对道。

"我们留给威利斯来决定。威利斯，你要怎么选择？"

"威利斯要暖和。"威利斯得意地说道。

第二章
南方移民地

南方移民地的布局像车轮一样。管理大楼是轮轴，地道朝各个方向向外延伸，建筑物设置在地道上方。一条轮缘地道已经开始将各条轮辐连在一起。到目前为止，45度的圆弧已经完工。

除了三座已经被废弃的卫星屋——移民地建立时建造的，这里所有的建筑物外形都很相像。每一座都是用硅塑料材质建造的半球状泡泡屋，材料是用火星土壤加工获得的，加工后当场充气形成泡泡屋。事实上，每一座建筑都是双重泡泡屋：外层的大泡泡屋会先形成，直径为9米或12米；等到它硬化后，工人会从地道进入这个新的建筑物内，再充气形成内层的小泡泡屋，它比外层的大泡泡屋略小。在太阳光下，外层泡泡屋"聚合"，也就是固化变硬；再在里面放置一组紫外线加热灯，使得内层泡泡屋固化。墙壁之间隔着30厘米厚的不通风的保温空间，这是为了对抗火星上零下20摄氏度的苦寒夜晚的热绝缘措施。

等到新的建筑物硬化后，会在外侧切割出一扇门，安装一个气闸。为求舒适，移民地居民会将室内气压维持在地球正常气压的三分之二左右。火星上的气压连地球正常气压的一半都达不到，来自地球的访客尚不适应火星的环境，不戴呼吸器便会死。在移民地居民之中，只有玻利维亚印第安人敢不戴呼吸器就去户外，而即便是他们，也会穿上紧身、有弹性的火星服，以避免皮下出血。

这些建筑和纽约的现代建筑一样，没有观景窗。周围的沙漠尽管很美，但单调极了。南方移民地位于一片由火星人授予的区域，就在古城哈喇克斯（不需要给出古城的火星名，因为地球人发不出那个音）的北边，处在斯特里蒙双子运河之间。我们再度遵循移民地的惯例，使用了不朽的珀西瓦尔·洛厄尔博士指定的名字。

弗兰西斯陪着吉姆和麦克雷医生到了市政厅底下的地道交汇处，然后向下进入通往他自己家的地道。几分钟后，医生和吉姆，还有威利斯，从上升通道中进入吉姆家的住所。吉姆的妈妈迎接了他们。麦克雷医生鞠躬行礼，这一鞠躬并未因为他露出赤脚和体毛斑白的胸膛而使其在文雅方面有丝毫欠缺。麦克雷医生问候道："夫人，我再次上门叨扰，感谢您的款待。"

"医生，别瞎说。我们家的餐桌永远都欢迎您。"

"我真希望您不是一位这么出类拔萃的厨师。"

吉姆的母亲穿着一件地球上的太太兴许会在晒日光浴或做园艺时穿的衣服，显得十分漂亮。她变换了话题："吉姆，挂好你的武器，不要把它留在沙发上，奥利弗可能会拿到它。"

吉姆的弟弟奥利弗听到自己的名字，立刻冲过来。吉姆和妹妹菲莉丝都看见了这一幕，齐声喊道："奥利弗！"威利斯立刻进行模仿，表演了难度甚高的特技：同时复制出两个人的声音。或许只有无调性的传音膜才办得到。

菲莉丝拍打奥利弗的手掌。奥利弗被打哭了，威利斯也跟着发出哭声。

"孩子们！"马洛太太说道，"你们几个，去洗手准备吃晚饭。"

麦克雷医生抱起奥利弗，将他上下颠倒过来，再让他坐到自己的肩膀上。奥利弗很快忘记了他在哭泣。马洛家的第二代雄赳赳气昂昂地出发去洗手了。

他们很快就回到客厅，发觉他们的父亲已回到家，而晚餐也准备好了。麦克雷医生一如既往地主导了餐桌上的聊天，用低沉的嗓音提供辛辣的闲话和放肆的评论。

麦克雷说："我会搬到另一颗星球去。至少我的意思是这样。"

"为什么？这颗星球有什么问题？再过20年，我们会把火星建设得更好。那时你不戴面罩也能在外面行走。"

"告诉我，是不是那个项目有新消息了？"

移民地有几十个研究项目，所有项目的目的都是让火星变得更加适合地球人居住，但"那个项目"总是指大气（或氧气）项目。哈佛–卡内基考察队的先锋队报告说，火星适合人类移民，只是有一个至关重要的缺点：火星上的空气十分稀薄，普通人类会在火星上窒息而死。然而，他们还发现，火星沙漠的沙砾中储存着上百亿吨的氧气，正是那些铁氧化物赋予了火星红色。大气项目提出，要释放出铁氧化物中的氧原子，供人类呼吸。

"你没有听今天下午的火卫二新闻广播吗？"马洛先生答道。

"我从不听新闻广播，避免神经系统的损耗。"

"这无疑是对的。但今天有好消息——利比亚山的先导工厂投入运作并且运作得十分成功，第一天下来，就往空气中还原了将近400万吨重的氧气，其间也没有出故障。"

马洛太太神情震惊："400万吨？听起来是好多好多的氧气。"

她的丈夫咧嘴笑了："有没有想过，以那种速度，一家工厂需要多久才能实现将氧气压力提升到34474帕斯卡的目标？"

"我当然没想过。但我想，应该不用非常久。"

"让我来算算——"他的嘴唇无声地翕动，"呃，大约要20万年，当然是火星年。"

"詹姆斯，你在戏弄我！"

"不，我没有。亲爱的，不要让庞大的数字吓到你。我们当然不会依赖于一家工厂。工厂会散布于沙漠中，每隔80千米左右就有一家，每一家工厂的功率为10亿马力。谢天谢地，我们可获得的动力不受限制。假如我们在有生之年里没有完成这项工作，至少孩子们一定会见证它的终结。"

马洛太太的神情像是陷入幻想。"能裸露着面庞在户外的微风中行走就太好了。我记得当我还是个小女孩时，我家拥有一片果园，一条溪涧贯穿其中——"她突然停下。

"懊悔我们来到火星了，简？"她的丈夫柔声问道。

"哦，不！这儿是我的家。"

"当然了。那么，医生，你在为什么事生气呢？"

"哦，没什么，没什么！我只是在思考最终结果。请注意，这是挺好的工作，统统都是——是一个男人能满腔热忱投入其中的艰辛的工作。但我们把它完成是为了什么目的呢？难道是为了又有20亿头、30亿头绵羊能做些毫无意义的事情，花费时间搔痒痒和咩咩叫？我们应该把火星留给火星人。告诉我，先生，您知不知道，当电视机刚问世时，播放的是什么节目？"

"不知道。我怎么会知道？"

"当然我自己也没有亲眼看到，但我父亲告诉过我这件事。看起来——"

"你父亲？他多大岁数了？他出生于哪一年？"

"那么是我的祖父，或者可能是我的曾祖父。那与正题无关。以前的人在鸡尾酒酒吧等娱乐场所安装第一批电视机，用来观看摔跤。"

"什么是摔跤？"菲莉丝追问道。

"一种过时的民间舞蹈，"她的父亲解释道，"别管了。医生，我认可你的观点——"

"什么是'民间舞蹈'？"菲莉丝不依不饶地追问。

"你告诉她，简。她把我难倒了。"

吉姆一脸得意地说："就是民众的舞蹈。"

"差不多。"吉姆的母亲赞同道。

麦克雷医生注视着他们："这些孩子错过了一些东西。我想，我会组织一家方块舞俱乐部。我过去是个相当出色的方块舞指挥。"

菲莉丝转身朝着哥哥："现在我想你会告诉我，方块舞指的是一个方块在跳舞。"

马洛先生扬起眉毛："我想孩子们都已经吃完了，就不能让他们离席吗？"

"当然可以。你们可以离开了。说一声'请允许我离席'，奥利弗。"

奥利弗复述了一遍，威利斯跟着重复了一句。

吉姆急匆匆地抹了抹嘴巴，抱起威利斯，奔向自己的卧室。他喜欢听医生讲话，但他不得不承认，当其他成年人在场时，医生会说出最不着边际的废话。关于氧气项目的讨论也没有吸引吉姆。他对于戴面罩没有觉得半点奇怪或不舒服，反而不戴面罩就到户外的话，他会感觉像没穿衣服一样。

依照吉姆的观点，火星眼下刚刚好，不必让它变得更像地球。地球反正没什么特别的。他个人对于地球的记忆只限于幼儿时隐约记得的事情。那是在玻利维亚高原上的太空移民调整站里，当时环境寒冷，他呼吸急促，又十分疲惫。

此时，他的妹妹菲莉丝跟在他身后。他在房门内停下脚步，说："你想要做什么？"

"你瞧，吉姆，等你离家去学校后，我得照顾威利斯。

也许由你来向它解释一下会好些，让它照我的命令来做事。"

吉姆盯着妹妹，问道："是什么给了你这种错觉，认为我会留下它？"

菲莉丝盯着吉姆："但这是肯定的啊！你不得不那么做。你没法带它去学校，不信的话，你去问妈妈。"

"妈妈和这件事毫无关系。她不关心我带什么去学校。"

"你去问她嘛。学校里不准养宠物。就在昨天，我听见妈妈和弗兰克·萨顿的母亲聊起这件事。"

"威利斯不是宠物。它是，它是——"

"它是什么？"

"它是我的朋友，那就是它的身份——一个朋友！"

"那么，它也是我的朋友。对不对，威利斯？不管怎么说，我觉得你很坏。"

"你总是觉得我很坏，因为我不满足你的每个心愿！"

"不是对我，是对威利斯很坏。这儿是威利斯的家，它习惯了这儿。它到了学校后会想家的。"

"他有我！"

"大多数时候它都不能和你待在一起。你在教室里上课时，威利斯会无所事事，只能干坐着，郁郁不乐。你应该把它留下，让它和我——和我们，住在令它快乐的地方。"

吉姆挺直腰杆。"我马上就会搞清楚这件事。"他走回客厅，意图明显地等待被大人注意到。很快，他的父亲转身面向他。

"咦？有什么事，吉姆？什么事在困扰你？"

"爸爸，我离家去学校时，威利斯跟我一起去，这个安排有任何问题吗？"

他的父亲一脸诧异。"我从未想过你会考虑带上它。"

"是吗？为什么不带上？"

"这个嘛，因为学校不是适合它待的地方。"

"为什么？"

"你无法照料好它。你将会十分忙碌。"

"威利斯不需要多少照料，它从不捣蛋。只要每个月喂它吃一次东西，大约一周给它喂一次喝的东西，它就不再需要别的了。我为什么不能带上它，爸爸？"

马洛先生像是被难住了，转身向妻子求助。马洛太太开口道："亲爱的吉姆，我们不想让你——"

吉姆打断了母亲的话："妈妈，你每次想要说服我别做某件事时，总是以'亲爱的吉姆'开头！"

马洛太太的嘴角抽动，但她还是忍住没笑出来："抱歉，吉姆，我或许是有这个习惯。我要说的是，我们想让你在学校里有个良好的开端，我认为让威利斯待在你身旁不会有任何助益。事实上，萨顿太太告诉我，几天前她听说学校不允许带宠物。她说——"

"她怎么知道那种事？"

"她经常和常驻总代理人的妻子聊天。"

吉姆暂时被难倒了。火星公司派驻南方移民地的常驻总代理人的妻子无疑比他知晓更可靠的消息，但他不准备让步。"妈妈，爸爸，你俩都看过学校寄给我的小册子，告诉我该做什么、该带上什么、该何时报到，诸如此类。假如你俩中谁能在那些指示中的任何角落找到任何文字表明我不能带威利斯，那么我会像火星人一样闭上嘴。这样行吗？"

马洛太太探询地看了看丈夫。马洛先生看了看妻子，同样露出恳求帮助的表情。他清楚地知道，麦克雷医生在看着他俩，虽然一声不吭，但早就摆出一副嘲讽取乐的表情。

马洛先生耸耸肩，说："带上威利斯吧，吉姆。但你要对它负责。"

吉姆的脸上绽放出笑容。"谢谢，爸爸！"他赶紧离开客厅，不给父母改变主意的时间。

马洛先生在烟灰缸上敲了敲烟斗，对麦克雷医生怒目而视："喂，你在咧嘴笑什么？你觉得我太纵容孩子了，对吧？"

"哦，不，根本不是！我认为你做得完全正确。"

"你觉得吉姆的那只宠物不会在学校给他带来麻烦？"

"恰恰相反。我挺熟悉威利斯奇特的社交习惯。"

"那么你为什么说我做得正确？"

"男孩多遭遇一些麻烦有什么不好呢？麻烦是人类会遇到的正常状况。我们因为麻烦而成长，我们因为麻烦而兴旺。"

"医生，有时候我觉得你——正如吉姆所说，像旋转虫一样疯狂。"

"大概吧。但因为我是这儿唯一的医务人员，我不太可能因此被送入精神病院。马洛太太，你能不能帮我这个老头子再弄一杯可口的咖啡？"

"当然行，医生。"她给医生倒了咖啡，接着对丈夫说道，"詹姆斯，你准许吉姆带上威利斯，我并不反对。这对我来说甚至是一种解脱。"

"为什么？吉姆说得对，那个小家伙不是麻烦。"

"它确实不是麻烦。但——我只是希望它不要这么'实话实说'。"

"那又怎样？我记得在调停孩子们的口角时，它是完美的目击证人吧？"

"哦，是的。它会回放它听到的任何话，准确得就像……转录器一样。那就是麻烦所在。"她看起来心烦意乱，接着却咯咯笑起来，"你知道波特尔太太吗？"

"当然。"医生补充道，"怎么避免得了看见她？我这个悒悒不乐的男人在负责治疗她的神经质。"

马洛太太问道："她真的病了吗，医生？"

"她吃得太多，却不怎么干活。职业道德禁止我透露更多情况。"

"我不知道你还有职业道德。"

"年轻的女士，尊重一下我的白发。这位姓波特尔的女士怎么了？"

"卢巴·孔斯基上周和我一起吃午餐，我俩谈起波特尔太太。老实说，詹姆斯，我没说太多话，我也不知道威利斯在桌子下面。"

"它在桌子下面？"马洛先生捂住眼睛，"继续说。"

"你俩都记得，孔斯基一家在北方移民地收留波特尔一家，直至为他们造的房子完工。从那时起，莎拉·波特尔就成为卢巴的厌恶对象。上周二，卢巴绘声绘色地对我讲述起莎拉在家里的习惯。两天后，莎拉·波特尔顺便到访，给予我一些关于如何抚养儿女的建议。波特尔太太说的一些话触发了威利斯的开关——我知道它在房间里，但我当时压根没有多想。威利斯像放错了唱片一样开始复述我和卢巴的对话，我还没法让它闭嘴。最后，我抱起它离开房间。波特尔太太径直离去，连再见都没说，我从那天起就没再收到她的音讯。"

"那不算损失。"她的丈夫点评道。

"确实，但这害得卢巴陷入麻烦。卢巴的口音是人人都能辨认的，何况威利斯模仿得比她本人更加传神。不过，我认为卢巴并不介意——你们应该听听威利斯的回放，也就是卢巴描述莎拉·波特尔早上的模样，以及她对此做了什么。"

麦克雷答道："你们应该听一下波特尔太太对于仆人问题的看法。"

"我已经听过了。她认为，公司没有为我们引进仆人是件丑事。"

医生点点头："她还主张在仆人的脖子上戴项圈。"

"那个女人！我不明白她为何成为太空移民者。"

"你不知道吗？"她的丈夫说道，"他们来这儿是为了能一夜暴富。"

"哼！"

麦克雷医生的神情显得心不在焉。"马洛太太，我作为她的医生，听一下威利斯复述关于波特尔太太的话，也许对我有帮助。你觉得它能为我们复述一遍吗？"

"医生，你真是爱打听。"

"我承认。我也喜欢偷听别人讲话。"

"你没羞没臊。"

"我再次承认，我的神经很大条。我已经有好多年没感到过害臊了。"

"威利斯也许只会兴奋地复述孩子们在过去两周里的闲聊。"

"如果你哄一下它呢？"

马洛太太突然笑起来，露出酒窝："试试也无妨。"她离开客厅，去找吉姆的球状伙伴。

第三章
火星人壁虎

　　星期三拂晓，天色晴朗，气温寒冷，火星上的早晨常常是这样。萨顿一家和马洛一家（奥利弗除外）聚集在斯特里蒙运河西段的移民地货运码头，为两个少年送行。

　　气温在上升，拂晓的风一直吹着，但气温依然低于零下1摄氏度。斯特里蒙运河覆盖着钢蓝色的坚硬冰层，冰在这个纬度不会融化。码头旁的河道上停着一辆雪地车，它来自小瑟提斯，车身由剃刀一样锋利的冰刀支撑。驾驶员在往车上装从仓库里拖出来的货物。两家人在一旁等待着。

　　吉姆面罩上的虎纹、弗兰克面罩上的花脸图案及菲莉丝面罩上的彩虹图案使得这帮年轻人很容易被识别，而大人们就只能通过个头、身材、举止来区分。但有两个例外，分别是麦克雷医生和克利里老师。克利里老师正低声认真地跟弗兰克讲话。

　　他此刻转过身，对吉姆说道："你的导员让我跟你道别，小伙子。可怜的他感染了火星咽喉病，卧病在床。假如我没有藏起他的面罩，他无论如何都会过来。"导员是个单身汉，克利里老师自然也是。两人合住一座房子。

"他病得非常严重吗？"吉姆问道。

"没那么严重，暂时没有生命危险。现在接受我和他的祝福吧！"他伸出手。

吉姆丢下旅行包，将冰鞋和威利斯换到左手臂弯里，与克利里老师握手。之后是尴尬的沉默。吉姆最后说道："你们为什么不赶在冻死之前一起进入车内？"

"是啊，"弗朗西斯赞同道，"那是个好主意。"

"我认为驾驶员现在快准备好了。"马洛先生反驳道，"儿子，照顾好自己。我们迁徙时再见。"他严肃地与儿子握手。

"再见，爸爸。"

马洛太太伸出双臂搂住儿子，她的面罩紧贴着吉姆的面罩，嘴里说道："哦，我的儿子，你的年纪还太小，不该离开家！"

"哦，妈妈，别说了！"但吉姆还是拥抱了妈妈，接着还抱了抱菲莉丝。

驾驶员喊出声："上车！"

"大家再见！"吉姆转过身，感觉手肘被人抓住。

抓住他的人是医生。"别招惹麻烦，吉姆。不要轻信任何人的任何胡说八道。"

"谢谢，医生。"吉姆转过身，将他学校的授权书出示给驾驶员。与此同时，医生也与弗朗西斯道别。

驾驶员查看了授权书。"两位免费乘客，对吧？好吧，看来今天早上没有任何付费乘客，你俩可以坐在观景座里。"驾驶员撕下吉姆的那联票据。吉姆钻进车内，拾阶走到驾驶舱后上方宝贵的观景座。随后，弗朗西斯与他会合。

驾驶员让冰刀离开冰面，车身抖动起来，然后随着涡轮机的轰鸣声和一下轻柔舒适的冲力，雪地车启程了。随着行驶速度加快，河岸仿佛从两旁流过，融入毫无特征的冰壁中。冰像镜面一样光滑，他们不久就达到了400千米每小时以上的巡航速度。不久后，驾驶员摘下面罩。吉姆和弗兰克见到后，也同样摘下面罩。雪地车内因为车子自身移动方向的冲压气流而实现了增压，由于空气的压缩，车内也变得暖和多了。

"是不是很棒？"弗朗西斯说。

"是啊，看看地球。"

他们的母星高悬在天空东北方向的太阳上方。在深紫色的背景下，地球发出绿光。在地球旁边有一颗较小的纯白色星球，用肉眼就能辨认，那就是地球的卫星——月球。在它们的正北方，也就是他们前往的方向，火星较外侧的卫星火卫二挂在天空，与地平线的夹角不超过20度。它像一个小小的苍白色圆盘，几乎要消失在太阳的光线中，仅仅比一颗暗淡的星星强一点，在地球的对比下相形见绌。

火星内侧的卫星火卫一不在视野中。在哈喇克斯的纬度，火卫一与北面地平线的夹角永远不超过8度，每次出现的时间持续在1小时左右，每天两次。到白天，它就消失在地平线的蓝色之中，没人会鲁莽地在刺骨寒夜中守候火卫一。吉

姆不记得自己在移民地迁徙以外的时间见过火卫一。

弗朗西斯望着地球，又望向火卫二。"让驾驶员打开收音机，"他提议道，"火卫二升起来了。"

"谁关心广播？"吉姆答道。

"我想要看看外面。"

现在河岸没那么高，他从穹顶观景舱望出去，视线能越过运河，见到远处的旷野。尽管现在接近季末，但运河附近的灌溉地带依然葱绿。在他望向外面的时候，由于植物纷纷破土而出，寻求早晨的阳光，那片地带更显葱绿。

他能辨认出几千米外一片偶尔可见的属于开放沙漠的红色沙丘，却无法看见运河东段的绿色灌溉地带，因为它在地平线的对面。

在没人催促的情况下，驾驶员径直打开收音机。音乐充满整个车内，掩盖了涡轮喷气发动机单调、低沉的轰鸣声。这是地球音乐，由19世纪古典音乐作曲家西贝柳斯①创作。火星移民地尚未发展出自身的艺术，依然在借用地球文化。但无论是吉姆还是弗兰克，都不知道、也不关心作曲家是谁。河岸再次将他们包围，除了笔直的带状冰壁，没有任何景致可看。他俩向后靠去，做起了白日梦。

威利斯自经受户外的寒冷起第一次动弹起来。它伸长眼柄，探询地环顾四周，再用眼柄打起拍子。

---

①让·西贝柳斯（1865—1957）：芬兰作曲家，代表作包括《芬兰颂》《悲伤圆舞曲》等。

不久后，音乐停止，一个声音说道："这里是火卫二上的火星公司DMS广播台。我们现在通过小瑟提斯中继台给你们带来一个节目。格雷夫斯·安布鲁斯特博士会讲授《实验性人工共生体涉及的生态考虑》——"

驾驶员立刻关闭收音机。

"我想要听广播，"吉姆出声反对，"那听起来很有意思。"

"哦，你只是在显摆，"弗兰克答道，"你甚至不懂那些词汇的意思。"

"我怎么不知道。它的意思是——"

"闭嘴，小睡片刻吧。"弗兰克向后躺下，闭上眼睛。然而，他没有睡觉的机会。威利斯显然一直在它充当头脑的器官里深思它刚才听到的节目。它张开括约肌，开始回放音乐，木管乐器等一个不落。

驾驶员回头向上看了一眼，一脸惊愕。他说了句话，但威利斯的声音盖过了他的话。威利斯一直重复到音乐结束，甚至连突然停止的公告都没遗漏。驾驶员问道："嘿，你们！你们带了什么？便携式录音机吗？"

"不，是一只蹦蹦兽。"

"一只什么？"

吉姆举起威利斯，让驾驶员看得更清楚。"一只蹦蹦兽。它名叫威利斯。"

"你的意思是，那玩意儿是个录音机？"

"不，它是一只蹦蹦兽。我说过了，它名叫威利斯。"

"这我得看看。"驾驶员说道。他在控制台上摆弄了一下，转过身，将脑袋和肩膀向上探入观景舱。

弗兰克说："嘿！你这样做会出事故的。"

"放轻松，"驾驶员说，"我把车辆调到回声自动驾驶状态。接下来的几百千米都是高河岸。现在说说，这个小东西是什么来头。你把它带上车时，我还以为它是个排球。"

"不，它叫威利斯。和这个男人打声招呼，威利斯。"

"你好，伙计。"威利斯欣然答道。

驾驶员挠了挠脑袋，说："这胜过我在基奥卡克见到的一切。它是某种鹦鹉，对吧？"

"它是蹦蹦兽。它有一个学名，但学名的意思就是'火星圆头兽'。你以前从未见过？"

"没有。你知道的，火星是整个太阳系中最古怪的行星。"

"假如你不喜欢这儿，"吉姆问道，"你为什么不回到你原来的地方去？"

"年轻人，不要发火。要多少钱你才肯卖这个小东西？我有个能用上它的好点子。"

"卖掉威利斯？你疯了吗？"

"我有时确实那么觉得。哦，这只是一个点子。"驾驶员回到岗位上，停下脚步回头看，注视着威利斯。

男孩们从旅行包里拿出三明治，咀嚼起来。吃完之后，弗兰克提出的小睡片刻又成为一个好主意。两人一直睡到被减速的雪地车吵醒。吉姆坐起身，眨巴着眼睛，向下面喊道："出了什么事？"

"现在进入希尼亚站，"驾驶员答道，"我们要在这儿停留到日落。"

"难道冰面会撑不住？"

"也许撑得住，也许撑不住。气温在上升，我不会冒险。"雪地车缓缓停下，而后再启动，慢慢爬上一条低矮坡道，再度停下。"全员下车！"驾驶员喊道，"日落前回来，要不然你们就会被落在这儿。"驾驶员下了车，两个男孩跟在后面。

希尼亚车站在希尼亚古城以西5千米处，西斯特里蒙运河在希尼亚古城与欧罗伊运河交汇处。希尼亚车站只有一间快餐厅、一间宿舍和一排装配式仓库。往东面看，希尼亚的轻盈高塔在天空中闪耀，简直像飘浮在空中一样，太过美丽，不像是切切实实的存在。

驾驶员走进小客栈。吉姆想要步行探索城市，而弗兰克更想先去餐厅，最后弗兰克胜出。两人走进餐厅，从他们少得可怜的资金中慎重地拿出一点，购买咖啡和普普通通的汤。

不久后，闷头吃晚餐的驾驶员抬起头，说道："嘿，乔治！有没有见过这样的东西？"他的手指向威利斯。

乔治是服务员的名字。他同时也是收银员、旅店老板、车站站长和火星公司代表。他瞅了一眼威利斯："见过。"

"你见过？在哪里？你觉得我能找到一个吗？"

"很难。有时能看见它们待在火星人身边，它们数量不是很多。"他转过身重新读起报纸——是两年多前的《纽约时报》。

两个少年吃完东西，结清账单，准备去外面。厨子兼服务员兼车站站长问道："等等，你们两个孩子要去哪里？"

"小瑟提斯。"

"我不是问这个。眼下你俩要去哪里？你们为什么不到宿舍里等等呢？假如愿意，你们可以打个盹。"

"我们想去外面走走。"吉姆解释说。

"好吧，但是要避开城市。"

"为什么？"

"因为火星公司不允许。任何人未经允许不得进入希尼亚古城。"

"我们如何能获得允许？"吉姆不依不饶。

"你们获得不了，希尼亚尚未对外开放。"他重新读起报纸。

吉姆正要继续争论下去，但弗兰克扯了扯他的袖子。他们一起走到外面。吉姆说："我想，我们能不能去希尼亚不关他的事。"

"有什么差别？他觉得跟他有关。"

"我们现在做什么？"

"当然是去希尼亚。只是我们不会考虑他这位大人物的意见。"

"假如他逮到我们呢？"

"他怎么可能逮到我们？他不会离开那张他坐暖了的凳子。赶紧走吧！"

"好吧。"两个少年出发向东行。路上不太顺利，因为根本没有路，运河两边的所有植物都舒展开来，以便捕捉到正午的太阳光线。火星的低引力使得他们即便在崎岖的地面上步行也很省力，他们很快就到达欧罗伊运河的河岸，沿着它往右，朝城市的方向走。

沿着河岸的光滑石头往前走很容易。虽然运河表面依然部分冰封，但好在天气暖和。太阳高照，和拂晓时相比，此刻太阳与赤道的距离近了800多千米。

"温暖，"威利斯说，"威利斯想下去。"

"好吧。"吉姆同意道，"但不要跌进去。"

"威利斯不会跌进去。"吉姆放下它，威利斯沿着河岸往前，时而蹦蹦跳跳，时而翻滚，时而钻进茂密的植被中，就像一只在探索新牧场的小狗。

他们走了差不多1.5千米，城市的高塔在天空中更加高耸。这时，他们遇见了一个火星人。这个火星人在他的种族中算是个小个子，身高不超过3.7米。他一动不动地站着，三条腿全都在地面上，显然是沉浸在某种思考中。朝向他们的那只眼睛盯着他们，一眨也不眨。

当然，吉姆和弗兰克见惯了火星人，知道这一位正忙碌于他的异世界中。他们停止交谈，继续往前走，在经过火星人旁边时小心地避免碰到他的腿。

威利斯可不是这样。它冲上前绕着火星人的脚转圈，摩擦起来，然后停下，发出两声悲恸的呱呱声。

火星人动起来，环顾周围，突然弯下腰托起威利斯。

"嘿！"吉姆喊道，"把它放下来！"

火星人没有回答。

吉姆匆忙转身面朝弗兰克："你跟他说一下，弗兰克。我永远都无法让他明白我的意思。拜托了！"吉姆对于火星语懂得很少，能说出来的更加少。弗兰克比他好一些，但也仅仅是相对而言。会讲火星语的人总抱怨这种语言害得他们喉咙痛。

"我该说什么？"

"告诉他放下威利斯！要不然，我会烧掉他的腿，老天爷可以做证！"

"哦，吉姆，你不能做那样的事。这会让你全家都陷入麻烦的。"

"假如他伤害威利斯，我一定会这样做！"

"成熟点。火星人从不伤害任何人。"

"好吧，那就让他放下威利斯。"

"我试试。"弗兰克噘起嘴，开始讲火星语。他的口音因为呼吸器和紧张的缘故而更加不堪。尽管如此，他还是断断续续地讲完一个句子，似乎就是吉姆想要表达的意思。但他的话没起到任何作用。

弗兰克再次尝试，这次使用了另一个习语。依然没什么用。"这没有用，吉姆，"弗兰克承认道，"要么是他听不懂，要么是他不想听。"

吉姆喊道："威利斯！嘿，威利斯！你还好吗？"

"威利斯很好！"

"跳下来！我会接到你。"

"威利斯很好。"

火星人摇晃脑袋，似乎第一次探明吉姆的位置。他的一条手臂抱着威利斯，另外两条手臂突然伸下来，围住吉姆：一片掌叶在吉姆坐的地方托起他，另一片掌叶轻拍他的肚子。这让吉姆无法抓到他的手枪，但这也没关系。

吉姆感觉自己被举起，接着他看到一只硕大明亮的火星人眼睛，这只眼睛也在注视他。火星人左右摇头，让他的每一只眼睛都能好好看上一眼吉姆。

眼下是吉姆与火星人靠得最近的一次，他不喜欢这样。更糟糕的是，吉姆面罩上层的小型增压器不仅能压缩稀薄的空气，也会吸入火星人熏天的体臭。吉姆试图扭动躲开，但看似脆弱的火星人比他强壮得多。

突然，火星人的头顶发出隆隆的声音。尽管吉姆能辨识出句子开头的提问符号，但他不明白对方在说什么。然而火星人的声音对他有一种奇怪的效果：虽然声音听上去嘶哑而笨拙，但充满温暖、同情和友善，以至于他不再感到害怕。相反地，火星人看上去像个值得信任的老朋友。就连火星人的恶臭也不再让吉姆厌烦。

火星人重复了一遍刚才的问题。

"弗兰克，他说了什么？"

"我没听明白。我该不该烧他？"弗兰克局促不安地站在一旁，拔出他的手枪，但显然吃不准该做什么。

"不，不！他很友好，但我不理解他的意思。"

火星人再次讲了一遍，弗兰克侧耳细听。"我想，他在邀请你和他一起走。"

吉姆犹豫了几秒，说："告诉他，行。"

"吉姆，你疯了吗？"

"没事的。他没有恶意，我很确定。"

"好吧——好吧。"弗兰克声音嘶哑地说道。

火星人提起一条腿，大步流星地走向城市。弗兰克小跑着跟在后面。他竭尽全力跟上，但火星人的步伐对于他来说太大了。弗兰克停下脚步，气喘吁吁，喊道："等等我。"他的声音闷在面罩里。

吉姆尝试寻找要求火星人停下的措辞，又无奈地放弃，然后灵机一动。

"喂，威利斯——威利斯伙计。让他等一下弗兰克。"

"等一下弗兰克？"威利斯疑惑地说道。

"是的，等一下弗兰克。"

"好吧。"威利斯对它的新朋友说话。火星人停下脚步，放下第三条腿。弗兰克喘着气追了上来。

火星人松开一条抱住吉姆的手臂，用这条手臂抱起弗兰克。"嘿！"弗兰克抗议道，"住手。"

"放轻松。"吉姆建议道。

"但我不想被人托起来。老天，这是什么气味！令人作呕！"

"气味？别装了，他比你好闻多了。"

火星人再次迈开步子，打断了弗兰克的回答。火星人现在负着重担，改成用三条腿走路，至少有两条腿同时在地上。他走得很颠簸，但速度惊人地快。最后，弗兰克说道："等我们下去后，你再说一遍刚才那句话，我会让你看看，到底是谁的气味难闻。"

"算了吧。"吉姆劝道，"你认为他要带我们去哪里？"

"我猜是去希尼亚城吧。"弗兰克补充道，"我们可不想错过雪地车。"

"我们还有几个小时，别担心。"

火星人没有再说话，而是继续走向希尼亚。很明显，威利斯快活得像一只在花店里的蜜蜂。吉姆安静下来，享受旅程。现在他被火星人举在半空中，脑袋离地面3米多，视野开阔了不少。他能望见运河旁生长的植物上端，还能望见更远处希尼亚古城色彩斑斓的高塔。这些高塔与哈喇克斯的高塔不同。没有两座火星城市是相像的，仿佛每座城市都是独一无二的艺术品，每座城市都表达着一位不同的艺术家的思想。

吉姆心想："为什么建造起这些高塔？它们派什么用场？又有多久的历史？"

在他们周围，运河作物向外蔓延，形成一片深绿色的"海洋"，火星人在这片及腰深的"海洋"中跋涉。宽大的叶片平坦地舒展开来接受太阳光线，贪婪地获取给予其生命的辐射能。当火星人的身体碰到叶片时，叶片卷曲到一边，在火星人经过后再次展开。

高塔变得更近了。火星人突然停下脚步，放下两个少年，但仍托着威利斯。在他们前面，一条斜坡几乎被悬垂的绿色植物遮蔽，通往地下，延伸进入一道隧道拱门。吉姆看着拱门，问道："弗兰克，你有什么想法？"

"哎呀，我不知道。"两个少年以前进入过哈喇克斯和科派斯的城市，但仅仅是荒废城区和地面层。他们还没来得及为做决定而苦恼，他们的向导就已经开始快步走下斜坡。

吉姆跑在火星人身后，叫喊着："嘿，威利斯！"

火星人停下脚步，和威利斯你来我往地说了两句话。蹦蹦兽大声喊道："吉姆在这儿等一下。"

"让他放你下来。"

"威利斯很好。吉姆在这儿等一下。"火星人以一种吉姆不可能跟上的速度重新走起来。吉姆郁郁不乐地转身回到坡道的顶端，坐到岩架上。

"你打算怎么办？"弗兰克问道。

"等吧，我还能怎么办？你会怎么办？"

"哦，我会留下来。但我不打算错过雪地车。"

"我也一样。反正等到日落后，我们不能待在这儿。"

"千真万确！"无论什么天气，日落时火星上的气温都会陡降。这对于地球人而言意味着会被冻死，除非他穿上特制的衣服，并且不断地运动。

两个少年坐下等待，看着旋转虫在眼前掠过。其中一只停在吉姆的膝盖旁，这只三足生物高度不超过30厘米，它似乎在端详吉姆。吉姆碰了碰虫子，它伸出足部，旋转着离开了。两个少年甚至毫无警觉，因为寻水怪不会接近火星人的聚居地。他们只是等待着。

大概半小时后，火星人——或者至少是一个个头差不多的火星人回来了。他没有带上威利斯，吉姆的脸顿时沉了下来。但火星人用他的语言说"跟我来"，并在这句话前面加了提问符号。

"我们要不要去呢？"弗兰克问道。

"去。这么告诉他。"弗兰克照做了。三人开始走下斜坡。火星人将大大的掌叶放到两个少年的肩上，赶着他们往前走。很快，他就停下脚步，托起两个少年。这次，少年们没有反对。

他们已经在地下隧道中走了几百米，隧道看起来依然亮堂得像在日光之下。光线来自各个方向，但从顶上射下的光线特别强。以地球人的标准来说，隧道十分宽阔，但对于火星人而言，空间顶多算勉强足够。他们一路从好几个火星人旁边经过。假如另一个火星人在移动，和他们一起的火星人总会隆隆地出声打招呼；但假如另一个火星人纹丝不动，沉浸在类似恍惚的状态中，他就不会出声。

他们的向导有一次踩到一个直径大约1米的球体。吉姆一开始无法辨认出它是什么东西，他又看了一眼，接着变得更加困惑了。于是他转动脖子，想再仔细看看它。吉姆看着眼前的场景，心想：这不可能，但确实是！

他注视着那极少有地球人见过的一幕，而且是没有哪个地球人想要看见的一幕：一个火星人折叠起来，卷成了一个球，他的掌叶覆盖了所有部位，只露出他弯曲的后背。现代、开化的火星人不冬眠，但在遥远的千万年前，火星人的祖先会冬眠。他们如今仍然有适合冬眠的身体结构，只要他们想，他们就能变成适当的、保留住热量和水分的球体。

但火星人几乎从没想要这么做。

对于火星人来说，蜷缩成球在寓意上相当于一名地球人准备决斗至死。仅当火星人受到极度的冒犯、其他较弱的应对办法都不足以反映他的心情时，他才会这样做。这种行为的含义是：我要把你赶出去，我要离开你的世界，我否定你的存在。

第一批到达火星的拓荒者不理解这一点，他们对火星人的价值观一无所知，不止一次地冒犯到火星人。这让地球人对火星的移民延后了许多年，直到派出地球上最娴熟的外交官和语义学家，才弥补了地球人无意间造成的伤害。吉姆不可置信地盯着缩成球体的火星人，寻思着什么事可能导致他打算对一整座城市造成危害。他记起麦克雷医生对他讲述的一个关于人类第二次火星探险的恐怖故事。医生当时说："他是一名医务中尉——尽管我讨厌承认这一点，这个笨蛋抓住火星人的掌叶，试图把他展开。然后事情就发生了。"

"发生了什么事？"吉姆当时追问道。

"他消失了。"

"火星人？"

"不，是医务官。"

"啊？他是怎么消失的？"

"别问我，我没亲眼看到。目击者共有4个人，他们都发誓做证，说前一秒医务官还在，下一秒他就不见了。仿佛他遇到了一只布杰姆怪。"

"什么是'布杰姆怪'？"吉姆想要搞清楚。

"你们这些孩子都不看书吗？布杰姆怪是一本书里面的[1]，我会找一本给你。"

"但他是怎么消失的？"

"别问我。就当是集体催眠吧，假如这让你感觉好一些的话。这让我感觉好一些，但也不多。我能说的是，一座冰山有78%的部分永远不会显露出来。"吉姆从未见过冰山，所以这个引喻他完全没有感觉。但当他看见缩成球体的火星人时，他明显感觉不太好。

"你看见了吗？"弗兰克问道。

"我希望我没看见，"吉姆说，"我在想到底发生了什么事。"

"也许他竞选市长，结果败选了。"

"这事不该开玩笑。也许他——嘘！"吉姆打断话头。他瞥见另一个纹丝不动，但没有蜷成球体的火星人。他们礼貌地保持安静。

托着他们的火星人突然转向左边，进入一个门厅。他放下两个少年。房间对于他们来说十分宽敞，但对于火星人来说，大概就适合办一场舒适的小型聚会。房间里有许多架子，被摆放成一个圆圈，火星人就像地球人用椅子一样使用

---

[1]布杰姆怪是一种能令人消失的怪物，出自英国作家刘易斯·卡罗尔的长诗《猎鲨记》。

这些架子。房间本身是圆形的，有个圆顶。圆顶模拟出火星的天空，地平线处的天空是淡蓝色的，逐渐变成更暖的蓝色，再是紫色，最终变成紫黑色。而在圆顶的最高点，群星光芒闪耀，看起来就像在户外一样。

子午线的西边悬着一轮迷你的太阳，相当让人信服。通过透视的技巧，绘制出的地平线像是在远处。在北面墙壁上，欧罗伊运河似乎从旁流过。

弗兰克的评语是"天哪！"，而吉姆没有说出半个字。

托着他们的火星人把他们放到了两个休息架旁。少年们没有尝试使用这些架子，梯子都比这些架子更加舒适和方便。火星人先是看了看他俩，又看了看架子，大眼睛里含着悲伤。火星人离开了房间。

他很快就回来了，身后跟着另外两个火星人。三个火星人手里都拿着许多五颜六色的织物。他们把织物丢在房间中央，形成一堆。带他们来的火星人托起吉姆和弗兰克，将他们轻轻地放到那堆织物上。

"我想他的意思是'请坐'。"吉姆评论道。

这些织物不是编织出来的，而是像蛛网一样连续的一大张，而且几乎和蛛网一样柔软，不过比蛛网坚韧得多。它们呈现各种深浅不同的颜色，从柔和的蓝色到浓烈的深红色，应有尽有。两个少年四仰八叉地躺在上面，等待起来。

带他们来的火星人在一张休息架上放松下来，另外两个火星人同样放松下来。没人出声。两个少年显然不是游客。他们知道，最好还是别催促火星人。过了一会儿，吉姆心生一计。为了测试这个主意，他谨慎地提起面罩。弗兰克厉声说道："喂！你在做什么？想窒息而死吗？"

吉姆掀开面罩，说："没事的，气压上升了。"

"是吗？不可能。我们没有经过气闸。"

"随你的便。"吉姆掀开面罩。弗兰克见到吉姆没有变得面色发青，没有喘不过气，也没有变得无力，于是也壮着胆子取下面罩。他发觉自己能不费力气地自在呼吸。当然，这里的气压不像他在家里习惯的气压那么高，对于地球人来说就像在平流层中，但对于处于休息状态的人类来说足够了。

另有好几个火星人走进房间，不慌不忙地靠到架子上。过了一会儿，弗兰克问道："你知道他们在干什么吗，吉姆？"

"也许知道。"

"不要说'也许'。这是'共同成长'仪式。"

"共同成长"仪式是对一条火星习语不甚完美的翻译，是火星人最寻常的社交活动——直白地说，就是懒洋洋地坐下，什么话都不说。"我想你是对的。"吉姆赞同道，"我们最好闭上嘴。"

"是啊。"

很长一段时间里，没人说话。吉姆神游到别处，想到学校，想到他会在那儿做什么，想到他的家人，想到过往的事情。他的心思在不久后回到自我意识上，觉察到他很久没像此刻这么快乐过了，他也想不出有什么特别的缘由。这是一种平静的快乐，他不想大笑，甚至不想微笑，但他完全放松，觉得心满意足。

他敏锐地觉察到火星人的存在，清楚每一个火星人的存在。随着每一分钟的逝去，这份觉察变得更加清晰。他以前从未注意到火星人是多么美丽。"丑陋得像个原住民"是移民者的常用语。吉姆惊讶地回想起他自己也曾说过这样的话，并寻思他为何要那么说。

他也觉察到身旁的弗兰克，意识自己是多么喜欢弗兰克。忠诚——这是形容弗兰克该用的词，弗兰克是个时刻准备保护他的好人。他不知道为何此前从未告诉过弗兰克自己喜欢他。

他略微想念起威利斯，但并不为它担忧。威利斯不喜欢这样安静的聚会，它喜欢闹腾、喧闹、粗俗的东西。吉姆暂时不去想威利斯，向后靠去，沉浸在活着的喜悦中。他欣喜地注意到，设计这个房间的不知名艺术家早已做好安排，让迷你太阳像真正的太阳掠过天空一样在房顶上移动。他注视着迷你太阳向西边移动，不久就开始朝画出的地平线落下。

他身后响起轻轻的隆隆声，他无法听懂，此时另一个火星人开口回答了。一个火星人从休息的架子上伸展身体，慢步离开房间。弗兰克坐起身，说道："我一定是在做梦。"

"你睡着了？"吉姆问道，"我没有睡。"

"你没有睡才怪。你的鼾声响得像麦克雷医生。"

"怎么会，我甚至没有睡着。"

"鬼才相信！"

离开房间的火星人又回来了。吉姆确定这是同一个火星人，现在这些火星人在他眼中不再模样相像。火星人手里提着一个水罐。弗兰克瞪大了眼睛："你觉得他们会给我们端水来吗？"

"看起来是那样。"吉姆惊惧地答道。

弗兰克摇摇头，说："我们最好还是不要把这次经历说出去，没人会相信我们的。"

"是啊，你说得对。"

仪式开始了。提着水罐的火星人说出自己的名字，嘴巴几乎没有碰到水罐的罐口，就将水罐递给下一个火星人。下一个火星人报出自己的名字，也模仿饮水动作。水罐被这一群火星人传递到那个带他俩进来的火星人手上。吉姆获知他名叫"壁虎"。在吉姆看来，这是个好听的名字，也很贴切。最终，水罐传给了吉姆。一个火星人将水罐递给吉姆，并许愿道："愿你永不经受口渴。"这几个字在吉姆听来相当清楚。

他的周围响起齐声的回答："愿你无论何时都有水喝！"

吉姆接过水罐，想起医生说过火星人没有任何会传染给人类的疾病。"吉姆·马洛！"吉姆大声说道，把罐口放到嘴边，喝下一小口。

当他递回水罐时，他在自己不完整的火星语库中翻寻，尽量不带口音地说出"愿水对你来说永远纯洁和充足"。火星人之中响起赞许的咕哝声，让他心中一暖。接着火星人把水罐递给了弗兰克。

随着仪式结束，这帮火星人爆发出喧闹的、和人类交谈相似的吱吱声。吉姆试图听懂一个身高几乎是他3倍的火星人对他说的话，但那只是徒劳。这时弗兰克说道："吉姆！你看见那轮太阳了吗？我们就要错过雪地车了！"

"啊？那不是真正的太阳，那是个玩具。"

"它不是真正的太阳，但它与真正的太阳相对应。我的手表给出了同样的结论。"

"哦，天哪！威利斯在哪儿？壁虎——壁虎在哪儿？"

壁虎听到自己的名字后走过来，探询似的对吉姆说着什么。吉姆十分努力地解释他们面临的麻烦，却被句法难倒，用了错误的命令符号，口音彻底走调。弗兰克把他推到一边，接手沟通的差事。过了一会儿，弗兰克说道："日落前他们会把我们送到那儿，但威利斯要留在这儿。"

"啊？他们不能那么做！"

"那个火星人是这么说的。"

吉姆思索后说道："告诉他们把威利斯带到这儿来，问一问它的想法。"

壁虎答应了吉姆的要求。威利斯被带了进来，放到地上。它摇摇摆摆地走向吉姆，说道："嗨，吉姆伙计！弗兰克伙计！"

"威利斯，"吉姆急切地说道，"吉姆要离开了，威利斯和吉姆一起走吗？"

威利斯似乎困惑起来："待在这儿，吉姆待在这儿，威利斯待在这儿，很好。"

"威利斯，"吉姆抓狂地说道，"吉姆得离开，威利斯和吉姆一起走吗？"

"吉姆要走？"

"吉姆要走。"

威利斯像是耸了耸肩。"威利斯和吉姆一起走。"它伤感地说道。

"告诉壁虎。"威利斯这么做了。火星人似乎大吃一惊，但没有继续争论下去。他托起两个少年和蹦蹦兽，迈步走向门口。另一个个头更大的火星人（吉姆回想起他名叫格库诺）从壁虎手上接过弗兰克，一路跟在后面。当他们沿着隧道往上走时，吉姆才想起自己需要戴上面罩，弗兰克也在此时戴上了面罩。

缩成球体的火星人依然挤在通道里。带着他们的两个火星人不发一言，径直跨过"球体"。

他们到达地表时，太阳的位置已经很低了。虽然火星人是催促不了的，但他们的正常速度已十分节省时间。回到希尼亚车站的5千米路程对于两个长腿火星人来说不算什么。当两个少年和威利斯被放到码头上时，太阳仅仅刚到达地平线，空气早已冷得刺骨。两个火星人立刻离开，匆匆回到他们温暖的城市。

"再见，壁虎！"吉姆喊道，"再见，格库诺！"

驾驶员和站长站在码头上。显然驾驶员正准备启动雪地车，正在纳闷他的乘客怎么还不来。"到底是怎么回事？"站长问。

"我们准备好出发了。"吉姆说。

"我知道。"驾驶员说道。他凝视着远去的火星人的身影，眨了眨眼，转身对站长说道："乔治，我出现幻觉了。"

他对两个少年补充道："哦，上车吧。"

他们上车后登上观景舱。雪地车驶下坡道，到达冰面，左转驶入欧罗伊运河，逐步加速。太阳落到地平线下面，风景暂时被火星上短短的日落照亮。少年们望见河岸上的植物缩回叶片准备过夜。几分钟后，半小时前还长满繁茂植被的地面就像真正的沙漠一样光秃秃的。

群星出来了，刺目的星光令人眼花。天际线上出现极光，天边仿佛挂了一条柔软的帘子。在西面，一个小而稳定的光点升起，在星辰移动的背景下，艰难地往上升。"那是火卫一，"弗兰克说道，"瞧啊！"

"我看见了。"吉姆答道，"好冷，我们睡觉吧。"

"好吧，我饿了。"

"我还有一些三明治。"他俩一人吃了一块三明治，然后顺着台阶进入下层车厢，爬进铺位。很快，雪地车经过海斯派瑞登姆城，转向西北偏西，驶上厄律曼托斯运河，但吉姆并不知晓。吉姆梦见自己和威利斯在为火星人献上一首二重唱，火星人满脸惊讶。

"全部下车！终点站到了！"驾驶员戳醒他们。

"啊？"

"快起来，乘客。到目的地小瑟提斯了。"

第四章
洛厄尔学校

亲爱的母亲和父亲：

　　我之所以没有在周三晚上打电话给你们，是因为我们直到周四早上才抵达。当我在周四试图打电话时，话务员告诉我，火卫二中继站已经对准南方移民地。之后我知道，要差不多三天之后，我才能通过火卫二将电话传送出去，而寄一封信能更快地联系上你们，并且会为你们省下为接电话付的4.5个信用点。现在我才意识到，我没有在周四那天直接给你们寄出这封信，也许你们要到我能打出电话之后才会收到（前提是我能打出电话）。但你们大概没想到，学校生活有多么忙碌，学生要做多少事。你们大概从弗兰克的母亲那儿听说了，我俩已经安全到达。不管你们怎样看待这件事，反正我最后没有打出那通电话，仍然为你们省下了4.5个信用点。

　　我简直能听见菲莉丝在说，我这是在暗示你们应该把省下来的4.5个信用点交给我。但我压根没有那么想，我也不会做那种事。另外，我手头上还有一些钱，是我离开前你们给我的钱，以及我过生日时收到的钱。虽然这儿的一切都比老家的贵，但靠着精打细算，在你们大家迁徙经过这儿之前，我不需要更多的钱了。弗兰克说，东西贵是因为商家总是对游客提高售价，但如今没多少游客，要到下周"阿尔伯特·爱因斯坦号"抵达后，情况才会改变。不管怎样，假如你们和我一起各退一步，将4.5个信用点一分为二，那么你们仍然可以省下2.25个信用点。

我们之所以没有在周三晚上到达这儿，是因为驾驶员判断冰面也许支撑不了雪地车。于是我们在希尼亚车站稍做停留，弗兰克和我在周围闲逛，消磨时间，直到日落。

学校允许弗兰克和我合住，我俩得到一间很好的房间。这个房间本来只供一个男生居住，只有一张书桌，不过我俩大多时候都上相同的科目，许多时候能合用书桌上的投影仪。我现在正一个人对着书桌上的录音机口述这封信，因为今晚轮到弗兰克在厨房帮忙。我还剩下一点儿历史作业，打算留到弗兰克回来后，和他一起完成。斯托本教授说，如果这儿的学生越来越多，寝室却不再增加，他也不知道该怎么办，也许该把学生挂到钩子上。当然他只是在说笑。斯托本教授常常开玩笑，每个人都喜欢他。等他坐"阿尔伯特·爱因斯坦号"离开，而有新任校长接管学校时，大家会难过的。

好了，信就写到这儿，因为弗兰克回来了，我俩最好现在开始做作业，因为明天我们有一场关于星系的历史测验。

爱你们的儿子

吉姆·麦迪逊·马洛

又及：弗兰克刚刚告诉我，他也没有给父母写信。他想请你们给他妈妈打个电话，转告她弗兰克一切都好，并拜托她立刻寄出弗兰克的照相机，弗兰克忘带了。

又又及：威利斯特此献上它的爱意。我刚问过它。

又又又及：转告菲莉丝，这儿的女孩会挑染头发。我觉得那看起来傻里傻气的。

吉姆

假如奥托·斯托本教授（文学硕士和法学博士）没有退休，吉姆在洛厄尔学校的生活会迥然不同。但斯托本教授确实退休了，他要回到圣费尔南多谷，过上他应得的退休生活。整个学校的人都到火星港为他送行。教授与大家握手，还流泪了，并将师生托付给了最近从地球来火星接管学校的马奎斯·豪。

吉姆和弗兰克从火星港回来时，发现先回来的人聚拢在公告板周围。他两挤进人群，读起这则吸引大家的公告：

特别通知

所有学生都需要随时保持自身及寝室的整洁。事实证明，各位班长对于这些方面的监督无法令人满意。因此，每周校长都会进行正式检查。第一次检查会在刻瑞斯月7日（周六）10点整进行。

校长 M.豪

"哎，真可恶！"弗兰克脱口而出，"你对此有什么想法，吉姆？"

吉姆阴郁地盯着公告："我想，今天是刻瑞斯月6日了。"

"是啊，但他的目的是什么？他一定以为这儿是一所劳改学校。"弗兰克转身对一个高年级学生说道，后者本来一直是他们走廊的监督员，"安德森，你对此是怎么想的？他能那么做吗？"

"我不知道。在我看来，我们寝室的卫生如何是我们个人的事。"

"你打算对此做点儿什么吗？"

"我？"这个年轻人想了一下后答道，"我还剩下一个学期就能拿到学位，接着就会离开这儿。我想，我只会静待事态发展，闭紧嘴巴，忍受下去。"

"啊？你说起来容易，但我还要忍受12个学期。我是什么人？一个罪犯吗？"

"那是你的问题，伙计。"学长离开了。

人群中的一个少年似乎没有因为这则通知而心神不宁。他叫赫伯特·比彻，是火星公司常驻总代理人的儿子，既是刚到火星的新人，也是学校的新生。

另一个少年注意到赫伯特的得意笑容，问道："你有什么可得意的，游客？你是不是提前知道了？"

"当然。"

"我敢打赌，这是你想出来的。"

"不是，但我老爸说，你们这帮小子不受规矩约束的时间太久了。我老爸说，斯托本心太软，没有给这所学校的学生灌输任何纪律观念。我老爸说——"

"没人关心你老爸说了什么。快滚！"

"你最好别那样说我老爸，我会——"

"在我痛揍你一顿之前，快给我滚！"

小比彻打量着他的对手——一个名叫凯利的红发少年，判断他是认真的后，比彻慢慢溜出大家的视线。

"他有得意的本钱。"凯利怨恨地说道，"他住在他老爸的寓所里。这种事只会让我们这些不得不住校的人恼怒。这是歧视！"大约三分之一的少年是通校生，主要是派驻小瑟提斯的火星公司员工的孩子；另有三分之一来自迁徙移民地；而剩下的三分之一则是驻扎在边远站点的地球人的孩子，特别是大气项目雇用的那批人。凯利转身对其中一人说道："怎么样，陈？我们要乖乖忍受吗？"

陈的脸上没有显露表情。"不值得为此大惊小怪。"

"啊？你的意思是，你不会捍卫自己的权利？"

"这些事忍一下就过去了。"

吉姆和弗兰克回到寝室，但还在继续讨论此事。

"弗兰克，"吉姆问道，"这则通知背后有什么目的？你觉得他们会在女校耍同样的花招吗？"

"我可以打电话给蒙特兹医生问个明白。"

"别费事了，我想这无关紧要，问题在于：我们应该对此做些什么？"

"我们能对此做些什么？"

"我不知道，我希望能问一下爸爸，他总是告诉我，要站出来维护自己的权利……但也许他会说，这是我应该预料到的事情。我也不清楚。"

"你瞧，"弗兰克提议道，"我们何不直接问我们的爸爸？"

"你的意思是今晚打电话给他们？今晚有中继服务吗？"

"不，不是打电话给他们，那花费太大了。我们等家人们迁徙时途经这儿，现在距离那个日子不远了。假如我们要搞出些名堂，我们得让家人来这儿支持我们，否则我们的行动不会取得任何成功。与此同时，我们静待事态发展，按照校长的吩咐做事。这则通知也许会无疾而终。"

"你这话倒是有道理。"吉姆站起身，"我想，我们不妨试试把这个垃圾窟打扫干净。"

"好的。对了，吉姆，我刚想到一件事。火星公司的主席不是姓豪吗？"

"约翰·W.豪，"吉姆应声道，"怎么了？"

"校长也姓豪。"

"哦，"吉姆摇摇头，"这不代表什么。豪是个十分常见的姓氏。"

"我敢打赌，这里面有问题。麦克雷医生说，你得是某人的亲戚，才能获得公司里一个油水多多的职位。火星公司对外宣称他们是一个快乐的大家庭，整天玩些你挠我痒痒、我亲亲你的游戏，还自称是一家非营利公司。医生说，这是自古以来最大的笑话。"

"嗯……好吧，这我就不知道了。我该把这件破烂放哪儿？"

　　次日早餐时间，校方向学生分发传单，上面交代了被描述为"正式安排寝室检查"的指示。吉姆和弗兰克昨晚做过的差事得再做一遍。由于豪校长的指示未能考虑到两个男生合住一间单人寝室的情况，重新整理起来很不容易。他俩到10点钟还没准备妥当。然而，直到差不多两小时后，校长才来到他们的寝室。

　　校长先把脑袋探进来，接着走了进来。校长指着他俩挂在衣柜旁钩子上的户外服，问："你们为什么没有除去面罩上这些浮夸装饰？"

　　两个少年大为惊愕。豪继续训斥："你们今天早上没有看公告板吗？"

　　"没有，先生。"

　　"去看看。你们有义务阅读公告板上张贴的任何东西。"

　　他朝着门口喊道："传令员！"

　　一名高年级学生出现在门口："在，校长。"

　　"暂停这两人的周末特权，直至达到检查的要求为止。每人再记上5个过失分。"豪环顾四周，"这间寝室凌乱邋遢到让人难以置信的地步，你们为什么不按照示意图整理呢？"

　　吉姆因为这个明显不公平的提问而舌头打结了，最后说道："这儿本是一个单人间，我们已经尽了全力。"

　　"不要找借口。假如你们没有足够的地方来整齐地存放东西，那么就处理掉过多的行李。"他看到威利斯，突然眼睛发亮。威利斯见到陌生人后，早已退缩到一个角落，并且缩回了所有外部器官。豪指向威利斯："运动器械必须存放在柜子上，或者留在健身房里，一定不能丢在角落里。"

吉姆正要开口回答，弗兰克踢了踢他的小腿。豪一边走向房门，一边继续说教："我意识到，你们这些孩子一直在远离文明的地方长大，没有享受过礼仪社会带来的好处，但我会尽全力来补救。我打算让这所学校首先培养出文明守礼的年轻绅士。"他在门口停下脚步，补充道："等你们弄干净面罩后，来我的办公室报到。"

等豪走远后，吉姆说道："你踢我干什么？"

"你真笨，他以为威利斯是个球。"

"我知道，我正要纠正他。"

弗兰克露出无语的表情："你就这么不明事理，偏要惹麻烦？你想要留下威利斯，对吧？校长会起草一条规定，让威利斯变成违禁品。"

"哦，他不能那么做！"

"该死的，他当然能！对了，他说的'过失分'是什么意思？"

"我不知道，但听上去不是好事。"吉姆取下呼吸面罩，看着上面鲜艳的虎纹，"你懂的，弗兰克，我不想成为一位'文明守礼的年轻绅士'。"

"我俩都不想！"

他们决定在陷入更多麻烦之前，先去快速看一眼公告板，而不是立刻清洁面罩。两人走到门厅，看了公告板，上面贴着一则通知：

给学生的通知

1.不准给呼吸面罩绘制所谓的身份识别图案。面罩要朴素无华，每位学生在户外服的胸口和肩膀位置用2.5厘米高的字母绣上自己的名字。

2.学生在任何时间和场所都要穿衬衫和鞋子，除非在自己的寝室中。

3.寝室里不得饲养宠物。在某些情形下，当动物作为科学标本时，可以安排学生在生物实验室里饲养和照料它们。

4.寝室里不得存放食物。学生父母寄来的食物包裹要存放在食品供应部的管理员处，在餐后（除了周六早餐之后）可以取出适当的分量。每逢生日等特殊日子，可以获得特别许可举办派对。

5.因惩戒而丧失周末特权的学生只允许在校内阅读、学习、写信、玩乐器或听音乐。不准玩扑克牌、造访其他学生的寝室，或者以任何理由离开学校。

6.想要打电话的学生要提交格式符合规范的书面申请，申请通过后方可到总办公室领取开启通信亭的钥匙。

7.学生理事会当即解散。只有当全体学生的行为表现证明学生会有存在的必要时，才会恢复学生会。

校长　M.豪

吉姆吹了一声口哨。弗兰克说："你看到了吗，吉姆？

你觉得我们要获得许可才能挠痒痒吗？他把我们当成什么了？"

"我不晓得。"

"弗兰克，我连一件衬衫都没有。"

"在你自己能买上几件运动衫之前，我可以借给你一件。但是看一下第三条——你最好开始行动。"

"啊？它说了什么？"吉姆重新读起来。

"你最好去巴结一下生物老师，尽快为威利斯做好安排。"

"什么？"吉姆一直没有将关于宠物的禁令与威利斯相联系，他并没有把威利斯当作宠物，"哦，我不能那么做，弗兰克。威利斯会很不开心的。"

"那么，你最好把它运送回家，让你的家人照顾它。"

吉姆露出倔强的表情，说："我不会那么做，我不会！"

"那么你准备怎么办？"

"我不知道。"他思索起来，"我不会采取任何措施，我会把威利斯藏起来，豪校长甚至不会知道我带着它。"

"你兴许能逃过一劫，只要没人打你的小报告。"

"我想不会有人干那种事。"

他们回到寝室，试图清除掉面罩上的装饰。但是他们进行得不太顺利，因为颜料早已渗入塑料。他们努力了一番，最终只是把颜色弄得到处都是。不久后，一个名叫斯迈思的学生将脑袋探进房间："要不要我为你们清洁面罩？"

"啊？这不可能做到，颜色已经渗进塑料里了。"

"在你们之前，好多人已经发现这一点。但是，我心肠好，心甘情愿为大众效劳，我会给你们的面罩重新涂上颜色，与原先的色调相符。不过一个面罩要收取0.25个信用点。"

"我觉得这里面有蹊跷。"吉姆答道。

"你想不想要？赶紧决定，我还有很多顾客等着呢。"

"斯迈思，你连你奶奶的葬礼都会收门票吧。"吉姆掏出0.25个信用点。

"好主意。你觉得我能收多少钱？"斯迈思拿出一罐漆和一把刷子，飞快地涂抹掉吉姆引以为傲的图案，用的是一种与原先的橄榄绿十分相似的颜色。"成了！过两分钟就干了。你要吗，萨顿？"

"行啊，你这条血吸虫。"弗兰克同意道。

"你是这么称呼恩人的吗？我原本有一个重要约会，却在这儿花费我宝贵的周六时间来帮助你们。"斯迈思同样利索地涂好了弗兰克的面罩。

"你花了时间但赚到了钱，再花在你的约会上。"吉姆纠正道，"斯迈思，你对于新校长想出的这套规定怎么看？我们应该屈从，还是大声抗议？"

"抗议？为什么抗议？"斯迈思收拾好工具，"假如你有足够的智慧来看穿这件事，那么每一条规定都藏着一个商机。在你拿不准时，过来见见我斯迈思——无论何时都有特别服务。"他在门口驻足。"别再提我售卖奶奶葬礼门票的事，不然她会想在她断气前得到分成。我奶奶在信用点这方面可是十分精明。"

"弗兰克，"在斯迈思离去后，吉姆说道，"那个家伙身上有些我不喜欢的地方。"

弗兰克耸耸肩说："他帮我们解决了难题。我们现在就去校长那里报到吧，好从惩戒名单里脱身。"

他俩发现，校长办公室外有一支长长的队伍在等候。他俩最后和其他人以十人一组进入办公室。豪简略地看了看每一个人的面罩，然后开始说教："我希望，这对于你们年轻人来说是一个教训，不仅在整洁方面，还在思想觉悟方面。假如你们注意到公告板上张贴的通知，那么你们每个人都会为检查做好准备。我想要你们明白，没有注意到通知这件事比你们在面罩上使用幼稚的图案严重得多。"

他停了一下，确认所有学生都在专心地听着。"移民地的礼节不该是粗鲁庸俗的。作为这所学校的校长，不管你的家庭背景存在什么问题，我都要确保这些问题得到补救。教育的第一个目的——或许是唯一的目的，就是塑造人格，而人格只能通过纪律来塑造。我自夸一句，我为接受这个任务做好了万全的准备。在到这儿之前，我拥有12年在军事学校任教的经验。那是一所格外优秀的学校，一所培养男子汉的学校。"

他再次停顿，要么为了喘口气，要么为了让他的言语进入听众的内心。吉姆来之前本打算让训诫一只耳朵进、一只耳朵出，然而校长目空一切的态度，尤其是他暗示移民地家庭低人一等的言语逐渐让吉姆火大。他开口道："豪先生？"

"怎么了？有什么事？"

"这儿是火星，况且这里不是一所军事学校。"

在接下来的短暂时刻中，惊愕和恼怒的豪先生好像要做出暴力举动，甚至可能中风发作。过了半晌，他控制住情绪，紧抿嘴唇说道："你叫什么名字？"

"马洛，先生。吉姆·马洛。"

"马洛，假如这儿是一所军事学校，那么对于你会是一件好得多的事。"他转身对其他学生说，"你们其余人可以走了，你们的周末特权予以恢复。马洛留下。"

其他人都离开后，豪说道："马洛，这个世界上没有什么比一个自作聪明的少年，一个不懂感恩、不知道自己位置的小屁孩更加令人不快。你享受到了火星公司提供的优质教育，不应该对公司任命来监督你学习、为你的福利着想的人说出卑劣的俏皮话。你明白了吗？"

吉姆一声不吭。豪尖厉地说道："出声啊，小子，承认你的过错，向我道歉。要有担当！"

吉姆依旧一声不吭。豪敲击桌面，他最终说道："非常好，回到你的寝室，好好想一想。你有一个周末的时间来好好思考。"

吉姆回到寝室后，弗兰克打量着他，钦佩地摇摇头。"你小子，真厉害！"他说道，"你真是个鲁莽的人啊。"

"需要有人告诉他真相。"

"确实是这样。但你现在的计划是什么？你打算破罐子破摔，还是进入修道院？从现在开始，豪每时每刻都会找机会教训你，连当你的室友都不太安全。"

"弗兰克，假如你是这么想的，你大可以另找一名室友！"

"放轻松，放轻松！我不会抛下你的，我会跟你坚持到最后，而且我很高兴你谴责了他，毕竟我自己没有勇气那么做。"

吉姆躺到床铺上："我想我没法忍受这个地方，我不习惯无缘无故被人摆布和嘲笑。接下来豪会变本加厉，我能做些什么？"

"我知道答案才怪。"

"在老斯托本的管理下，这里是个不错的学校。我本以为我会挺喜欢这儿。"

"斯托本没问题，而豪是个讨厌鬼。但是，吉姆，你除了闭嘴、默默忍受和希望他忘记这个过节，还能做些什么？"

"你瞧，其他人也不喜欢新规。假如我们团结在一起，也许能让他收敛一点。"

"不太可能。你是唯一有胆量站出来说话的人。唉，我甚至没有支持你，不过我百分之百地同意你的观点。"

"假如我们都给父母写信呢？"

弗兰克摇摇头。"你没法让所有学生都这么做，而且一些小人会告密。然后你会因为煽动骚乱或类似的冒失行动而陷入困境。不管怎样，"他继续说，"你能在信里说些什么来揭发和证明豪先生在做他无权做的事情吗？我大概能猜到我的老爸会说什么。"

"他会说什么？"

"他经常给我讲他在地球上的学校里发生的事，说那是一个多么难熬的地方。我觉得，爸爸有点儿为此感到自豪。

假如我告诉他，豪不让我们在寝室里存放曲奇饼干，他只会嘲笑我。他会说——"

"别说了，弗兰克，问题不在于寝室内不能存放食物，而在于整个氛围。"

"当然，当然，我知道。但是我们能说的就是那样的小细节。在你说服我们的父母做出任何举动之前，情况必然会恶化不少。"

随着时间的推移，弗兰克的观点得到证实。消息被散播了出去，学生们一个个过来拜访他俩。一些人因为吉姆公然驳斥校长而与他握手，一些人仅仅出于好奇来看看这个大胆顶撞校长的异类。但一个事实摆在眼前：一方面，没人喜欢新校长，所有人都憎恶他的"新纪律"的部分或全部；另一方面，没有人急于加入一场注定失败的行动。

周日，弗兰克外出去了小瑟提斯——地球人聚居地，而不是附近的火星人城市。吉姆被关禁闭，一直待在寝室里，佯装学习，实则和威利斯聊天。弗兰克在晚餐时分回来，大声宣布："我给你带了一份礼物。"他扔给吉姆一个小包裹。

"你真够朋友！这是什么？"

"打开看看。"

这是一张全新的探戈舞曲唱片，在里约录制，通过"阿尔伯特·爱因斯坦号"直接从地球运来。吉姆十分钟爱拉丁音乐，弗兰克记住了这一点。

"哦，天哪！"吉姆走向书桌，将唱片放进唱机，准备享受音乐。弗兰克阻止了他："晚餐铃响了，最好等一会儿再听。"

吉姆不情愿地听从了建议，但他回到寝室后，马上就播放了好几遍，直至弗兰克提醒两人该学习了。在熄灯前，他再一次播放了曲子。

黑暗中，寝室的走廊里保持了15分钟的安静，接着音乐声再次响起。弗兰克猛地坐起身："搞什么？吉姆，现在不要放了！"

"我没有，"吉姆抗议道，"一定是威利斯，肯定是威利斯。"

"那么，让它收声，堵住它的嘴巴，用枕头蒙住它的脑袋。"

吉姆打开电灯。"威利斯——嘿，威利斯！别再闹腾了！"威利斯大概没有听见他的话。它站在地板中央，用眼柄打着拍子，仿佛唱机的机针在顺着唱片纹路快速移动。它的表演棒极了，还有马林巴琴声和人声合唱。

吉姆抱起威利斯："威利斯！收声，伙计。"

威利斯继续发出击打声。

房门突然打开，现出豪校长的轮廓。"正如我想的一样，"他扬扬得意地说道，"你从不考虑其他人的权益和感受。把那台唱机关掉。接下来的一个月里，你都会在寝室里被关禁闭。"

威利斯继续奏着音乐，吉姆试图用身体藏住它。"你没有听见我的命令吗？"豪追问道，"我说关掉音乐。"他迈步走向书桌，旋转唱机开关。因为唱机早已关闭，豪仅仅是弄破了指甲。他克制地不露出校长不该有的神情，把手指含进嘴里。

威利斯开始第三段合唱。

豪环顾四周。"你是怎么给它通上电的？"他厉声问道。他没有听到回答，于是走向吉姆，说道："你在藏什么？"他把吉姆推到一旁，看着威利斯，露出明显的怀疑和嫌恶的神情："这是什么？"

"这是威利斯。"吉姆闷闷不乐地答道，提高声量让校长听见。

豪并非十足的蠢蛋。他逐渐明白过来，他听到的音乐是他面前这个模样奇特、毛茸茸的圆球发出的。

"'威利斯'是什么？"

"它是一只……蹦蹦兽，是一种火星生物。"威利斯选择在这个时刻奏完选段，发出一段流畅的女低音后停了下来——暂时而已。

"蹦蹦兽？我从未听说过。"

"许多人都没有见过，甚至在移民地也是如此。它们很罕见。"

"如果能出现在这里，也不是那么罕见。我猜，它类似于火星上的鹦鹉。"

"哦，不！"

"'哦，不'是什么意思？"

"它一点儿都不像鹦鹉。它会说话，会思考——它是我的朋友！"

豪从惊讶中缓过神来，想起他此行的目的。"所有这些都不是重点。你看过我关于宠物的规定了吧？"

"看过，但威利斯不是宠物。"

"那么它是什么？"

"它不可能是宠物。宠物是动物，是所有物。威利斯不是所有物，它……它就是威利斯。"

威利斯选择在这个时刻继续复述它在探戈舞曲最后一次播放之后听到的一段内容。"天哪，当我听到这段音乐时，"威利斯用吉姆的声音点评道，"我甚至忘记了那个卑劣的豪老头。"

"我无法忘记他，"威利斯继续用弗兰克的声音说道，"我希望我有勇气在你斥责他的时候也那么做，吉姆。你知道吗？我觉得豪是个疯子，我真的觉得他疯了。我敢打赌，他小时候是个懦夫，这让他的内心扭曲。"

豪的面色变得煞白。弗兰克的心理分析直击要害。豪抬起手，仿佛要打人，随即又放下来，不确定要打谁。威利斯急匆匆地缩回所有凸起物，变成一个光滑的圆球。

"我说它是宠物。"豪恢复了声音，蛮横地说道。他抱起威利斯，走向门口。

吉姆追在他身后："等等！豪先生，你不能带走威利斯！"

校长转过身："哦，我不能吗？你回到床上去，明天早上到我办公室来见我。"

"假如你伤害威利斯，我会……"

"你会怎么样？"豪停顿了一下，"你的宝贵宠物不会受到伤害。现在，在我打你之前，你回到那张床上去。"他再次转身，离去时没有停下来看他的命令是否得到执行。

吉姆站在原地注视着合拢的房门，眼泪顺着脸颊流下来，愤怒和沮丧之下的啜泣让他身体摇晃。弗兰克走过来，一只手放到他身上，说："吉姆，吉姆，不要这么激动。你听见了他已经保证不会伤害威利斯。回到床上去，等明天早上再解决这件事。就算是最坏的情况，也只是不得不把威利斯送回家而已。"

吉姆抖落弗兰克的那只手。

"别让他激怒你，伙计。假如你因为他生气，你会做一些傻事，那正合了他的意。"弗兰克说道。

"我已经生气了。"

"我知道，我也不怪你。但你得克服愤怒的情绪，善用你的头脑。他在等待时机攻击你，你看到了。无论他做什么或说什么，你都要保持冷静，要比他更聪明，否则他会让你陷入困境的。"

"我想你是对的。"

"我知道我是对的。这是医生会说的话，现在去床上吧。"

那晚，两人都没怎么睡觉。快到早上时，吉姆做了一个噩梦。梦中，豪成了一个缩成球形的火星人，他试图让豪展开——在违背他意志的情况下。

早餐时分，公告板上出现了一则通知，内容是：

重要通知

所有拥有个人武器的学生要将武器送交到总办公室接受保管。学生离开学校和邻近的定居点时，只要提出申请，武器就会交还到学生手上。不得在无火星动物群造成威胁的区域内携带武器。

校长　M.豪

吉姆和弗兰克一起读了通知。

弗兰克说："你知道我在想什么吗？"

"不知道，你在想什么？"

"我想，豪是害怕你。"

"我？为什么？"

"因为昨晚发生的事。你的眼眸里有杀意，他看见了。我想，他只是想让你失去攻击的武器。我认为，他根本不在乎我们其余人是否保留热能枪。"

"你真这么认为？"

"是的。问题在于：你会对此做些什么？"

吉姆思索起来："我不会放弃我的手枪，爸爸也不会让我放弃的。"

"我也不会。但在今天早上你不得不去见他之前，我们最好想出一个对策。"

早餐时，对策浮现出来了——那个名叫斯迈思的学生。弗兰克对吉姆低声说起这个想法。用过早餐后，他们一起去找斯迈思，把他带到他们的寝室。"听我说，斯迈思。"吉姆开口说道，"你是一个能想出许多点子的人，对吧？"

"嗯……可能吧。有什么事？"

"你看见今天早上的通知了吗？"

"当然。谁没看见？每个人都在为此发牢骚。"

"你打算上交手枪吗？"

"我在早餐前就上交了。我在这儿需要手枪派什么用场？我有头脑。"

"那样的话，你就不会让人起疑心。现在假设有人托付你照看两只包裹，但你不能打开包裹，也不许知道里面有什么。你能找到一处真正安全的地方来存放它们，而且能在接到通知后就将它们归还吗？"

"我猜，你不想让我告知任何人这些包裹的下落。"

"是的，谁也别告诉。"

"这类服务收费很高。"

"有多高？"

"少于一周两个信用点的话，我就没法干。"

"那太贵了。"弗兰克尖厉地插话进来。

"好吧，你们是我的朋友。我会给你们一个统一价格，对于今年余下的时间只收8个信用点。"

"太多了。"

"那么6个信用点，我不会再降价了。你们得为风险埋单。"

"成交。"吉姆抢在弗兰克继续讨价还价之前说道。

在吉姆到校长办公室报到之前，斯迈思先拎着一大包东西离开了。

第五章
蹦蹦兽的复述

豪校长让吉姆等待了30分钟后才让他进去。等吉姆最终进去后，他看见豪似乎对自己相当满意。豪抬起眼睛问："什么事？你要见我？"

"你吩咐我来见你，先生。"

"我说了吗？让我来瞧瞧，你叫什么名字？"

吉姆心里气愤地想：他肯定知道我的名字，他只是在试图激怒我。他回想起弗兰克让他不要发脾气的严肃警告。

"吉姆·马洛，先生。"他平静地答道。

"哦，对。"校长从桌上拿起一张名单，"我想，你过来是为了交出手枪。交上来吧。"

吉姆摇摇头说："我过来不是为这件事。"

"不是？这才是正事。你已经知道规定了，把你的手枪给我。"

吉姆再次摇头："我没有手枪。"

"你没有手枪，那为什么到这儿来？回到你的寝室，把手枪拿过来。要快，我给你3分钟时间。"

"不，"吉姆缓缓说道，"我已经告诉过你，我没有手枪。"

"你的意思是，你的寝室里没有手枪？"

"那正是我说的意思。"

"你在撒谎。"

吉姆在心里慢慢数到20后再答道："你知道我没有手枪，否则你不敢说这种话。"

豪注视着他，仿佛过了好久，然后走去外面的办公室。不久后他就回来了，看起来又变得高傲自大。"马洛，你说你是为别的事来见我？"

"是你吩咐我来见你的。是关于威利斯。"

"威利斯？哦，对了，火星圆头兽。"豪噘嘴笑道，"一个有趣的科学标本。"

豪没有再补充。良久的沉默后，吉姆开始意识到，校长打算迫使他采取行动。吉姆已经接受校长再也不可能把威利斯留在学校的事实。他说道："我过来接威利斯，我会带它去城里，安排送它回家。"

豪的笑容更加夸张。"哦，是这样？接下来的30天里，你都只能待在校内，请问你要如何办成这件事？"

弗兰克的警告犹在耳边，吉姆简直能听见弗兰克的声音。他答道："好吧，先生。我会找个人替我做这件事——今天就做。现在，请问我能否领走威利斯？"

豪向后仰，十指交叉放在肚子上。"你提出了一个很有趣的观点，马洛。你昨晚说过这只生物不是宠物。"

吉姆听得一头雾水："什么？"

"你强调过这一点。你说过，它不是你的所有物，而是你的朋友，对吧？"

吉姆迟疑不决。他能感觉到校长正在给他挖陷阱，但他拿不准是哪种陷阱。"假如我确实说过呢？"

"你到底有没有说过？回答我！"

"说过。"

豪倾身说："那么，你为什么在这儿要求我把这只生物移交给你？你对它没有所有权。"

"但——但是——"吉姆语塞了。他被带进了文字陷阱里，不知道该如何回答。"你不能那么做！"他脱口而出，"你也没有所有权！你无权把它关起来。"

豪小心地把指尖合在一起："这件事有待商榷。尽管你已经放弃对它的所有权，但它仍然可能是个所有物。它是在校内被发现的，我可以代表学校获得它的所有权，将它作为一个科学标本。"

"但——你不能那么做。那不公平！假如说它属于谁，那它属于我！你无权——"

"安静！"吉姆闻声闭上嘴，豪更加沉着地继续说道，"我能做什么或者不能做什么，不用你来告诉我。你忘了我是你的代位父母①。你可能拥有的任何权利都授予了我，我就

―――――――――――――

①原文为拉丁语in loco parentis，指在他人失去亲生父母的监护时，未经法律许可即对其进行照管和约束的人。

像是你的亲生父亲一样。至于对这只生物的处置办法，我还在研究。我会在今天下午见总代理人，在适当的时候，你会得知我们商议的结果。"

"代位父母"这个词让吉姆困惑不解，这似乎正是校长的用意。但他还是捕捉到了豪这番话中的一个要点，并紧紧抓住不放。"我会把你的话告诉我父亲，你逃不掉的。"

"威胁我，是吗？"豪愠怒地笑道，"别费力气索要通信亭的钥匙了，我不打算让学生每次被我训得擦鼻子后都要给父母打电话。给你父亲写一封信——但在你寄出之前，先让我听一遍。"他站起身。"就这些，你可以走了。不——等一下。"他刚走到外面的办公室里，又立刻回来。他似乎相当生气。

"你把手枪藏在哪儿了？"他问道。

吉姆刚才有了点儿时间来恢复镇定。他只言不发。

"回答我！"校长追问道。

吉姆缓缓答道："你在这件事上早已认定我在说谎，我什么也不会说了。"

豪看着他："滚回你的寝室！"吉姆走出了办公室。

弗兰克在寝室里等着他。"你身上没有血，"他仔细检查了一遍吉姆有没有受伤，然后说道，"谈得怎么样？"

"哦，那个可恶的家伙！那个肮脏、丑恶的家伙！"

"很糟糕吗？"

"弗兰克，他不让我领走威利斯。"

"他打算让你把它送回家？但你预料到了呀。"

"不，不是那样，他根本不想把它还给我。他用了许多模棱两可的说辞，但意思都是他对威利斯拥有所有权，打算留下它。"吉姆看起来即将崩溃哭泣，"可怜的小威利斯，你知道它有多么胆小。弗兰克，现在我要怎么办？"

"我不明白。"弗兰克缓缓答道，"他不能留下威利斯，不能占有它。威利斯属于你。"

"我告诉过你，他用了许多模棱两可的说辞，但那完全是故意的。我应该怎么做才能让威利斯回来？弗兰克，我得把威利斯夺回来。"

弗兰克没有回答。吉姆郁郁不乐地环顾四周，终于留意到房间里的模样。"这儿发生了什么？"他问道，"看起来像是被你破坏过一样。"

"哦，那个……我正要告诉你。你离开时，豪的几个手下把这儿搜查了一遍。"

"啊？"

"他们试图找到我们的手枪，我直接装傻。"

"他们找手枪了吗？"吉姆似乎下定决心，"我得找到斯迈思。"他走向房门。

"嘿，等等——你找斯迈思干什么？"

吉姆回头看着弗兰克，面容十分凝重。"我要去拿回我的手枪，回到办公室，夺回威利斯。"

"吉姆！你疯了！"

吉姆没有回答，而是继续往门外走去。

弗兰克伸出一只脚绊倒他，并在他倒地后，压到他背上。弗兰克抓住吉姆的右臂，将它扭到他背后。"现在你就在这儿休息，"弗兰克告诉吉姆，"直到你冷静下来。"

"让我起来。"

"你的头脑里还有理智吗？"

吉姆没有回答。"好吧，"弗兰克继续说，"我可以一直坐在这儿。等你冷静下来时，告诉我一声。"吉姆开始挣扎。弗兰克反扭他的手臂，直到他大叫一声，不再抵抗。

"这就对了。"弗兰克说，"现在听我说，你是个好人，吉姆，但你做事太冒失了。假设你拿回手枪，假设你胁迫豪老头交出威利斯，你能把它留住多久？豪马上就会叫来火星公司的警察。接着，他们会把你关起来，再次从你身边夺走威利斯。你会永远见不到威利斯，更别提你会给家人带来的麻烦和哀痛了。"

紧接着是相当久的沉默。吉姆最后说道："好吧，让我起来。"

"你已经放弃挥舞手枪、四处招摇的想法了？"

"是的。"

"以你的荣誉发誓？庄严地承诺？"

"是的，我承诺。"

弗兰克让吉姆起身，拍掉了他身上的灰尘。吉姆揉着手臂，说道："你不需要这么用力地扭我的胳膊。"

"你不应该抱怨，而且应该感谢我。现在拿起你的笔记本，我们再不去化学实验室就要迟到了。"

"我不去。"

"别犯傻了，吉姆。就因为你对校长感到恼火而要旷课，甚至让成绩不及格，这没有用。"

"我不想那么做。我要退学，弗兰克，我不会待在这所学校里了。"

"什么？不要草率，吉姆。我知道你的感受，但你不在这儿上，就无学可上了。你的家人负担不起将你送回地球上学的费用。"

"那就不上学了，我不会留在这儿的，我会四处转悠，不管花多少时间都行，只要能找到办法夺回威利斯，然后我就会回家。"

"好吧……"弗兰克打住话头，挠了挠脑袋，"你自己考虑清楚。但是想想眼下，你不妨去一下化学实验室。这不会对你有任何坏处，反正你没打算此刻就离开学校。"

"不要。"

弗兰克神情忧虑。"你能答应我待在这儿，不做任何鲁莽的事，等到我回来吗？"

"你为什么担忧？"

"答应我，吉姆，不然我也不去上化学课了。"

"哦，好吧，好吧！去吧。"

"好的！"弗兰克飞奔离开了。

等弗兰克回来时，他发觉吉姆四仰八叉地躺在床铺上。

"睡着了？"

"没。"

"想明白你要做什么了吗？"

"没。"

"你有什么想做的吗？"

"没。"

"你的回答棒极了。"弗兰克评论道，在书桌后面坐下。

"对不起。"

那天余下的时间里，他们没有收到豪的任何消息。弗兰克设法说服吉姆第二天去上课，他告诉吉姆，在等待夺回威利斯的机会时，最好不要引起校方的注意。

周二也过去了，依然没有收到豪的消息。周二晚上，大概是熄灯两小时后，弗兰克突然醒来——有人在寝室里活动。"吉姆！"他轻声喊道。

死一般的寂静。弗兰克保持安静，伸出手打开电灯。吉姆正站在房门旁边。"吉姆，"弗兰克抱怨道，"你为什么不回答我？你要吓死我吗？"

"对不起。"

"出了什么事？你下床做什么？"

"没事，你回去睡觉。"

弗兰克爬出被窝。"哦，不！你眼睛里有种狂热，我不能在这时候回去睡觉。说吧。"

吉姆挥挥手打发弗兰克。"我不想让你受牵连，回床上睡觉吧。"

"你觉得你年纪大得足够命令我？别说傻话了，妥协吧。你的计划是什么？"

吉姆不情不愿地解释起来。在他看来，豪校长很可能把威利斯锁在办公室内的某个地方。吉姆计划闯进办公室，尝试救援。"现在你回去睡觉，"他说道，"假如校方询问你，你就说什么都不知道，你整晚都在睡觉。"

"让你独自应付？不太可能！无论如何，你都需要有人帮你。"弗兰克开始在他们的储物柜中摸索。

"我不需要任何帮助。你在找什么？"

"实验室手套。"弗兰克答道，"无论你想不想，我都会帮助你，你笨手笨脚的。我不想你被逮住。"

"你要手套派什么用场？"

"有没有听说过指纹？"

"当然，但他一定知道是谁干的——我也不在乎，我到时已经跑远了。"

"他当然会知道，但他也许无法证明。给——戴上手套。"吉姆接过手套，就这样默默地接受了弗兰克对于这次冒险的帮助。

火星上的入室盗窃案并不常见，锁是罕见之物。至于巡夜人，穿越数百万千米的太空把人从地球运送来不是为了看守男校宿舍的寂静走廊。吉姆和弗兰克到达学校办公室之前，面临的主要风险是可能撞见几个在熄灯后去盥洗室的好动学生。

两人尽可能安静地行动，每进入一条走廊前都先侦察一番。不一会儿，他们就神不知鬼不觉地（他们希望如此）到达了办公室的外侧门。吉姆试着打开门，但门被锁住了。"他们为什么要费事地锁上这道门？"他小声说道。

"因为有你和我这样的人，"弗兰克告诉他，"回到角落里，小心望风。"他开始用刀子撬锁。

"好吧。"吉姆走到通道交叉口，观望四周。5分钟后，弗兰克不出声地叫他，他走了回来。"有什么问题？"

"没什么问题，赶紧行动。"弗兰克打开外侧的门。

两人蹑手蹑脚地穿过外边的办公室，经过录音台和叠得高高的卷盘文件，来到一扇上面有"马奎斯·豪校长私人办公室"字样的内侧门。

房门上的字是新写的，门锁也是新的。这个门锁并不是个摆设，而且不是那种用刀子就能撬开或弹开的门锁。它是一把钛钢材质的密码锁，如果装在保险箱上会更合适。

"你能打开它吗？"吉姆焦虑地问道。

弗兰克轻轻吹起口哨。"别犯傻了。吉姆，胡闹结束了，我们还是趁没被逮到时回被窝里去吧。"

"也许我们能把门从铰链上卸下来。"

"门是转向里面的，我宁愿试试在隔墙上开个洞。"他移到一旁，跪下来，尝试用刀尖戳墙壁。

吉姆查看四周。有一条空调管道从走廊穿过他们所在的房间，再延伸进校长办公室的墙壁内。管道穿过的洞口几乎有他的肩膀那么宽。假如他能旋开支承的法兰盘，让管道下垂——

不，他甚至够不到它，现场也没有任何能当作梯子的东西。他发现，文件柜是固定在地面上的。

房门底部有一面小格栅，用来排出里面办公室的废气。

格栅无法拆下，留下的洞口也没有大得足够他钻进去，但他躺下来，尝试透过格栅朝内张望。他什么都看不见，里面的房间黑漆漆的。

他用双手做成喇叭状放到格栅上，喊道："威利斯！哦，威利斯！威利斯伙计——"

弗兰克走过来，催促道："停下！你想让我俩被逮住吗？"

"嘘！"吉姆将耳朵贴在格栅上。

两人听见含混的回答："吉姆伙计！吉姆！"

吉姆答道："威利斯！到这儿来，威利斯！"他接着细听。"它在里面。"吉姆对弗兰克说道，"好像被关在什么东西里面。"

"显然是那样，"弗兰克赞同道，"现在你能在有人进来之前先安静下来吗？"

"我们得让它出来。你怎么对付这堵墙？"

"不好办。塑料墙体内有重钢丝网。"

"我们得把它弄出来，我们要怎么做？"

"我们什么都做不了，"弗兰克坚持说道，"我们陷入困局了，现在得回到寝室床上了。"

"假如你想，你可以回床上去。我要留在这儿，把威利斯救出来。"

"吉姆，你最大的问题就是不撞南墙不回头。快走！"

"不行！嘘——"他补充道，"听见什么了吗？"

弗兰克细听起来："我听见了动静，是什么？"

里面的办公室里响起一种刮擦声。"是威利斯在试图逃出来。"吉姆说道。

"它逃不出来，我们走吧。"

"不。"吉姆继续隔着格栅聆听。弗兰克等得不耐烦了，他早已失去了冒险欲望。他一方面不愿抛下吉姆，一方面焦急地想要在他们被逮之前回到寝室。刮擦声继续响着。

过了一会儿，响声停下了。响起一声轻轻的扑通声，仿佛有一个柔软却略沉的东西掉下30厘米左右的高度，接着是一阵轻轻的、几乎听不见的簌簌声。

"吉姆？吉姆伙计？"

"威利斯！"吉姆尖叫道。蹦蹦兽的声音隔着格栅传过来。

"吉姆伙计带威利斯回家。"

"是的，是的！留在原地，威利斯。吉姆得找一个办法救威利斯出来。"

"威利斯出来。"蹦蹦兽明确地表述道。

"弗兰克，"吉姆急切地说，"假如我们能找到一样东西当作撬棍，我就能把那面格栅从架子里撬出来。我想，威利斯也许能勉强钻出来。"

"我们没有那样的东西。除了刀子，我们什么都没有。"

"动动脑子，伙计，动动脑子！我们的寝室里有什么能用的东西吗？"

"据我所知，没有。"刮擦声重新响起来，弗兰克补充道，"威利斯要干什么？"

"我猜它在试图打开门。我们得找一个办法来为它开门。听着，我会用肩膀把你架起来，你试着取下通风管道的圈。"

弗兰克察看了一下，说："没有用。就算我们把通风管道弄下来，墙壁另一边也会有另一个格栅。"

"你怎么知道？"

"通常都会有。"

吉姆沉默不语。弗兰克当然是对的，他心知肚明。刮擦声依然继续着。弗兰克单膝跪地，将脑袋贴近格栅，细听起来。

"别紧张，"他在片刻后建议道，"我想，也许威利斯能靠它自己顺利出来。"

"什么意思？"吉姆问。

"假如我没听错的话，里面有切割声。"

"啊？威利斯无法破门而出。在老家的时候，我把它锁在房间里好几次。"

"也许能，也许不能。也许它那时只是没有迫切地想要出来。"

现在，刮擦声更加清楚了。

几分钟后，格栅周围开始出现一条环状的细线，房门上被细线围住的那部分落向他们。透过洞口就能望见威利斯。从它圆鼓鼓的身体里伸出一条20厘米长、2.5厘米粗、带爪子的伪肢。"那是什么？"弗兰克问道。

"我怎么知道？它以前从没做过这样的事。"

那条奇异的伪肢缩了回去，消失在它的身体内，皮毛收拢盖住口子，没有留下丝毫伪肢存在过的痕迹。威利斯开始改变外形，现在它更接近西瓜的形状，而不是球形。它从洞口钻了出来。"威利斯出来了。"它骄傲地宣布。

吉姆一把抓住它，把它抱在怀里。"威利斯！威利斯，老伙计。"

蹦蹦兽依偎在他的怀里。"吉姆伙计不见了。"它怪罪道，"吉姆离开了。"

"是的，但是再也不会了。威利斯会和吉姆待在一起。"

"待在一起，很好。"

吉姆用面颊蹭小家伙的皮毛。弗兰克清了清嗓子："假如你俩叙好旧了，现在最好赶紧回到我们的寝室去。"

"是的，当然。"他们很快就回到了寝室，据他们的观察，过程中没有引起任何人的注意。吉姆把威利斯丢到床上，环顾四周，说："我在想我应该带上武器。我必须找到斯迈思，拿回我的手枪。"

"等一等，"弗兰克说，"不要操之过急。你其实不是非离开不可，你知道的。"

"啊？"

"我没有破坏外面的门锁。我们从始至终都没碰过校长私人办公室的锁。威利斯逃脱留下的所有痕迹就是一个我们显然不可能通过的洞口——校长的办公桌上大概还有一个这样的洞口。他什么都证明不了。你可以安排把威利斯送回家，而我们可以静待事态的发展。"

吉姆摇摇头说："我要离开，而威利斯只是部分缘由，就算你付我钱，我也不会待在一所由豪管理的学校里。"

"为什么这么仓促决定，吉姆？"

"我已经认真考虑过了。你要留下来，我也不怪你。待上一年，你就能参加火箭飞行员候选人考试，然后离开这儿。但假如你碰巧考砸了，我敢打赌，你不会在这儿待到毕业。"

"是的，我大概不会。你有没有想好如何在不让豪阻止你的情况下离开学校？天亮前，你是没法离开的，因为外面太冷了。"

"我会等到天亮后光明正大地走出去。"

"你的目标是在不引起冲突的情况下离开这儿，"弗兰克干巴巴地说，"所以你要悄悄出去。我想，我们最好低调行事，直到安排好逃跑的细节。午后行动的成功率最高，下午好。"

吉姆正要询问弗兰克为什么午后行动的成功率最高时，威利斯重复了最后三个字。它先是模仿弗兰克的嗓音复述一遍，再用一个老人深沉圆润的口音说了一遍。"下午好！"它吟诵道。

"闭嘴，威利斯。"

威利斯再次说了一遍："下午好，马奎斯。坐下，孩子。见到你很高兴。"

"我听到过这个声音。"弗兰克说道，语气中透着困惑。

"谢谢你，总代理人。你好吗，先生？"威利斯继续说，现在是豪校长惯用的严谨语气。

"我知道了！"弗兰克说，"我在广播中听到过这个声音——是常驻总代理人比彻。"

"嘘——"吉姆说道,"我想要听一下。"

威利斯继续复述,又是用圆润的嗓音:"不坏,对于一个老人来说,不算太坏。"

"胡说,总代理人,您不老。"又是豪的声音。

"你这么说可真贴心,孩子。"威利斯继续说,"你的包里装着什么?走私品?"

威利斯重复了豪的谄媚笑声。"完全不是,只是一个科学标本,我从一个学生那儿没收的一件相当有意思的稀罕货。"

威利斯停顿了一下,又用圆润的声音说道:"令人难以置信!马奎斯,你是在哪儿找到这只生物的?"

"我刚刚告诉你了,先生。"豪的声音响起,"我不得不从一名学生那儿没收了它。"

"是的,是的,但你知不知道你弄到了什么?"

"当然,先生,我查过。"

"这是圆头兽,火星圆头兽。这并非关键。你说你从一名学生那儿没收了它,你能从他手上买下它吗?"圆润的声音继续热切地说道。

豪的声音缓缓答道:"我认为不能,先生。我相当确信他不想出售。"他犹豫了一下后继续说:"它很重要吗?"

"重要?那得看你指的'重要'是什么意思。"常驻总代理人的声音答道,"你会说6万个信用点很重要吗?甚至是7万个信用点?因为我确信伦敦动物园愿意为它出这个价,这还不包括把它运到地球的费用。"

"真的吗？"

"真的。我拥有一份长期有效的订单，来自一名伦敦的掮客，出价是5万个信用点，不过我一直没能为他弄到一只。我相信可以再提高一下成交价格。"

"当然！"豪谨慎地赞同道，"那对火星公司来说是一件好事，对吧？"

短暂的沉默后响起纵情的笑声。"马奎斯，你快逗死我了。现在听我分析——你的工作是管理学校，对吧？"

"是的。"

"我的工作是维护火星公司的利益，对吧？我们勤勤恳恳地工作，得到了薪水，每天剩下的18个小时属于我们自己。你的工作内容包括寻找稀奇的标本吗？"

"不。"

"我的也不包括。你明白我的意思了吗？"

"我想我明白了。"

"我相信你能明白。毕竟，我很了解你的伯父。我相信他不会把侄子派到火星上，却不向他解释生活的真相。他本人十分明白这一套，我可以向你保证。真相是，对于一个聪明人来说，假如他愿意张开耳目，火星这样的地方有着无限的机遇。你明白的，这不是贪污。"威利斯停顿了一下。

吉姆张口要说话，弗兰克说道："别出声！我们可不想错过任何对话。"

常驻总代理人的声音继续说道："根本不是贪污，这是我们办公室自然产生的合法商机。现在说说这名学生，要用什么来说服他卖掉它？我不会给他太多钱，不然他会怀疑。我们一定不能引起他的怀疑。"

豪想了一会儿才回答："我很肯定他不会卖掉它，但或许有别的办法。"

"是什么？我不明白你的意思。"

少年们听见豪解释起他关于威利斯所有权的奇怪理论。他们无法看见比彻用胳膊肘推豪，但他们能听见他忍俊不禁的声音："哦，这太厉害了！马奎斯，你让我刮目相看，真的。你当教师真是浪费才华，你应该当一名常驻总代理人。"

"好吧，"豪的声音答道，"我并不打算一辈子教书。"

"你不会的，你不会的。我们会为你找一个代理机构的。毕竟，在无迁徙政策实施以后，学校会缩小规模，重要性也会降低。"

"他在说些什么？"弗兰克小声问道。

"安静！"吉姆答道。

"那方面有什么消息？"豪打听道。

"我预计很快就会收到你伯父的消息。你可以今晚再来一趟，我到时也许会收到更多消息。"

剩下的对话没有特别有意思的地方，但威利斯仍然复述了一遍。两个少年一直听到豪道别为止，之后威利斯闭上了嘴。

吉姆气得嘴角生沫。"把威利斯关进动物园！天啊，这真是个可恶的主意！"

"放轻松，伙计！"弗兰克继续说，"我正在想无迁政策是怎么回事。”

"我以为他说的是'迁徙'。"

"我确定是'无迁徙'。现在是几点？"

"大约3点。"

"我们有差不多3小时的时间。吉姆，我们来瞧瞧还能从威利斯口中挖出什么内容。我有种预感，那也许很重要。"

"好吧。"吉姆抱起毛茸茸的圆球，说道，"威利斯老伙计，你还知道什么？把你听到的一切都告诉吉姆——一切。"

威利斯很开心能帮上忙。它在接下来的一小时里重复了零碎的对话，大多数都与学校不甚重要的日常事务有关。最后，两个少年满意地再次听到了盖恩斯·比彻油腔滑调的声音。

"马奎斯，孩子——"

"哦——进来，总代理人。坐下，很高兴见到您。"

"我就是顺道过来说一下，我已经收到你伯父发来的急件。他在附言里问候你。"

"很好。谢谢您，先生。"

"不用谢。关上那扇门，行吗？"威利斯插入关门的声效，"现在我们能说话了。急件当然涉及无迁徙政策。"

"什么？"

"我要很愉快地告诉你，董事会改变了想法，转而支持你伯父的观点。南方移民地会留在原处。下一班飞船和它之后一班飞船的货物会被送往北方移民地，新移民会有将近12个月的夏天来为北方的寒冬做准备。你在笑什么？"

"没什么，先生。今天有一个名叫凯利的学生告诉我，他的父亲在迁徙中途经这儿时会对我做些什么，我期望能看见他获知他的父亲不会出现时的神情。"

"关于这件事，你绝对不要告诉他。"总代理人厉声说道。

"嗯？"

"我想把抵触情绪尽可能地降到最低，不到最后一刻，一定不能有人得知此事。移民者中有些人会反对这项政策，尽管研究早已证明，采用适当的预防措施，火星冬季的危险可以忽略不计。我的计划是以某个借口推迟迁徙两周，然后再次推迟迁徙。等到我宣布政策时，迁徙为时已晚，移民者们只能服从新规。"

"高明！"

"谢谢你。这其实是对付移民者的唯一方法。你在火星上待的时间还不够久，不像我这般了解他们。他们是一群'神经病'，多数人在地球上都是失败者。假如你对他们态度不够强硬，他们就会用各种要求把你逼得抓狂。他们似乎不明白，他们目前的生活、拥有的一切，都是火星公司的功劳。以这项新政策为例，假如你让移民者们自行其是，他们会继续追随太阳，而且花费全算在公司头上。"

威利斯转变到豪的声音："我相当同意。他们是一群难以控制的家伙，从他们的孩子身上就能看出端倪。"

"而且懒惰无能，"另一个声音赞同道，"你必须对他们态度强硬一些。我要走了。哦，关于那个标本，你把它藏在安全的地方了吗？"

"是的，先生，就锁在这个柜子里。"

"嗯……也许最好还是拿到我的寓所里。"

"没必要，"豪的声音回绝道，"注意到那扇门上的锁了吗？它能保障安全。"

两个声音互相道别，然后威利斯闭上了嘴。

弗兰克不断地低声咒骂，愤怒极了。

第六章
逃亡

吉姆摇动弗兰克的肩膀，说："打起精神来，帮我一把，再不行动就晚了。"

"那条胖蛞蝓，"弗兰克低声说道，"我不知道他要怎样克服哈喇克斯的冬天。也许他想一直在室内待上11或12个月，或者在零下70摄氏度时去户外。我想见到他慢慢地被冻僵的场景。"

"当然，当然，"吉姆赞同道，"但帮我一把。"

弗兰克突然转身，拿下吉姆的户外服。他把户外服扔给吉姆，再取下自己的户外服，开始利索地套上。吉姆盯着弗兰克，问道："嘿，你在做什么？"

"我要和你一起走。"

"啊？"

"有人在计划骗我妈妈，强迫她在高纬度地区过完冬天，你觉得我这时候还会干坐在这儿乖乖上课吗？我妈妈心脏不好，那种日子会要了她的命。"弗兰克转过身，开始拿出储物柜里的东西，"我们出发吧。"

吉姆犹豫了一下后，说道："当然行，弗兰克，但是你的计划呢？假如你现在辍学，你永远当不了火箭飞行员。"

"见鬼去吧！当前的事更加重要。"

"我一个人也可以去提醒大家将会发生什么事，不需要两个人。"

"我告诉你，我已经决定了。"

"好吧，我只是想确认你是否想清楚了。我们走吧。"

吉姆套上自己的户外服，拉上拉链，系紧束带，再开始拣出他的物品。他不得已扔掉了许多行李，因为他想把威利斯装进包里。

他抱起威利斯。"你瞧，伙计。"他说道，"我们要回家了。我想要你待在包里，里面既舒服又暖和。"

"威利斯一起走？"

"威利斯一起走。但我想要你待在包里，不要说一个字，直到我把你抱出来，明白了吗？"

"威利斯不能说话？"

"在吉姆把威利斯抱出来之前，威利斯绝对不能说话。"

"行，吉姆伙计。"威利斯思索后补充道，"威利斯能播放音乐吗？"

"不！不能发出一点儿声音，不能说一个字，也不能有音乐。威利斯要闭嘴，始终闭上嘴。"

"行，吉姆伙计。"威利斯用委屈的语气答道，立刻蜷缩成一个光滑的圆球。吉姆把它放进包里，拉上拉链。

"赶紧。"弗兰克说，"我们去找斯迈思，拿回手枪，然后出发。"

"太阳要差不多一小时后才会升起。"

"我们不得不冒个险。对了，你有多少钱？"

"不多。为什么问这个？"

"盘算我们回家的费用，伙计。"

"哦——"吉姆的心思都放在其他事情上，还未考虑过车票价格。来学校的旅程当然是免费的，但他们这趟回家没有得到旅行授权，所以必须支付现金。

他们把手头的钱凑到一块，发现连买一张车票都不够，要买两张车票更是差了一大截。"我们要怎么办？"吉姆问道。

"我们从斯迈思那儿弄钱。"

"怎么弄？"

"我们会弄到的。假如有必要，我会揍他的脑袋。我们走吧。"

"别忘记你的冰鞋。"

斯迈思一个人住，这体现了他"随和"的性格。他俩晃了晃斯迈思，他很快就醒来了。

"斯迈思，"吉姆说，"我们想——我们想要回那两只包裹。"

"我晚上打烊，你们到早上再过来。"

"我们现在就要拿回包裹。"

斯迈思钻出被窝，说："当然，夜间服务需要额外收费。"他在铺位上站起来，取下进气口的格栅，伸手进去，拖出包裹好的手枪。

吉姆和弗兰克扯掉包裹皮，把手枪挂到腰带上。斯迈思抬起眉毛，看着两人。弗兰克补充道："我们得弄点钱。"他报出金额。

"为什么来找我？"

"因为我知道你有钱。"

"所以呢？我能得到什么回报？一个甜美的微笑吗？"

"不。"弗兰克拿出他的计算尺，这是一个漂亮的圆形仪器，有21种刻度，"这值多少钱？"

"嗯……6个信用点。"

"别说傻话！这花了我父亲25个信用点。"

"那就8个信用点，我没法把它卖到比10个信用点更高的价格。"

"把它作为抵押品，给我15个信用点。"

"10个信用点，给现金。我不经营当铺。"吉姆的计算尺换的钱比预想的少，接着是他俩的手表，然后是更加不起眼的物品，卖出的价格也更加低。

最后，他们除了冰鞋就没什么可卖的东西了。两个少年都拒绝卖冰鞋的建议，然而他们离需要的金额仍然差了12个信用点。"你得信任我俩，斯迈思。"弗兰克告诉他。

斯迈思端详起天花板，说："好吧，看在你们一直是好顾客的分上，我也许该补充一句，我也收集签名。"

"啊？"

"我会收下你俩的签名，并立下欠条，每个月收6%的利息。"

"拿走吧。"吉姆说。

完成交易后，他们起身要离去。斯迈思说："我的水晶球告诉我，你们将会消失。你们要怎么离开？"

"走出去。"吉姆告诉他。

"嗯……你们似乎没有注意到晚上正门是锁着的。我们的朋友兼导师豪先生早上到学校后会亲自开锁。"

"你在开玩笑吧！"

"你自己去看。"

弗兰克拉着吉姆的胳膊。"假如有必要，我们会敲掉门锁。"

"你们为什么选择困难的方式呢？"斯迈思询问道，"从厨房出去吧。"

"你的意思是后门没有锁？"弗兰克追问道。

"哦，后门也锁着。"

"那么别再给出愚蠢的建议。"

"我本应该被这句话冒犯到，"斯迈思答道，"但想到是从你嘴里说出来的就无所谓了。尽管后门上了锁，但豪没有想到给垃圾箱装个锁。"

"垃圾箱？"吉姆震怒道。

"要么接受，要么放弃。这是你们偷溜出去的唯一途径。"

"我们接受，"弗兰克决定道，"走吧，吉姆。"

"等等，"斯迈思插话道，"你们中的一个人能为另一人操作垃圾箱，但谁来为第二个人操作垃圾箱呢？他会被困住。"

"哦，我明白了。"弗兰克看着他，"你来。"

"我有什么好处？"

"得了，斯迈思，你想让脑袋上长包吗？你已经拿走了我们那么多东西。"

斯迈思耸耸肩，说："我拒绝了吗？毕竟是我告诉你们这条捷径的。好吧，我会把它记在额外开支里——为了商业名声，权当打广告。此外，我不想见到我的客户违反法律。"

他们迅速走向学校的大厨房。斯迈思小心谨慎地穿过走廊，熟练的步伐说明他不止一次违反过规定。进入厨房后，斯迈思说道："好吧，谁先进去？"

吉姆嫌恶地打量起垃圾桶。这是一只侧着装在墙中的金属圆桶。通过装在墙中的一组控制杆，可以让它绕着主轴旋转。圆桶的硕大开口接收人们从建筑内扔出来的垃圾，人们可以从建筑外将垃圾运走，而不会扰乱建筑内的增压系统——这是一类最简单的气闸。圆桶的内部有大量使用过的痕迹。"我先进去。"吉姆自告奋勇，将面罩戴到脸上。

"稍等一下。"弗兰克说。他一直在打量厨房架子上的食物罐头。现在他扔掉旅行包里的备用衣物，开始装罐头。

"赶紧，"斯迈思催促道，"我想在晨钟响起之前回到床上。"

"啊，为什么要费力拿罐头？"吉姆反对道，"我们再过几小时就会回到家里。"

"只是有一种预感。好吧，我准备好了。"

吉姆爬进垃圾桶，缩起膝盖，将包抓在胸前。圆桶在他周围旋转。他感到气压猛然下降，一股彻骨的寒风袭来。接着他就从学校后面的小巷路面上站起身。

圆桶嘎吱嘎吱地回到装填位置。不一会儿，弗兰克就落到了他身旁的地面上。吉姆搀扶他起身。"天哪，你身上乱糟糟的！"吉姆一边说，一边拂去好朋友的户外服上粘的一点儿土豆泥。

"你也一样，但现在没时间操心外表了。哎呀，好冷！"

"马上就会变暖和的，我们出发吧。"渐渐升起的太阳的粉红色光芒照亮了东方的天空，但气温依然像午夜一样寒冷。

他们快步走出小巷，到了学校后面的街上，沿着大街往右走。这部分的城市完全像地球上的一样，可能会被误认为是阿拉斯加或挪威的一座城市。但在这片区域之外，在被照亮的天空映衬下，是小瑟提斯的古老高塔，它的存在表示这里不是地球。

他们按照计划到达一条运河的支流，坐下来穿上冰鞋。这些冰鞋是竞赛型的，有着56厘米长的剃刀状冰刀，便于加速。吉姆先穿好鞋，落到冰面上。"最好快点，"他说道，"我的屁股快要冻住了。"

"还用你说！"

"这冰面几乎硬得吃不住刃。"

弗兰克加入了吉姆，两人拿起旅行包就出发了。滑了几百米之后，小水道让位于城市的大运河。他们转入大运河，加速前往雪地车站。尽管他们在运动，但等他们抵达车站时，寒意已经让他们产生麻酥感。

他们穿过气闸门，进入车站。一名办事员在车站里值班。他抬起头，弗兰克走向他，问道："今天有没有开往南方移民地的雪地车？"

"大约20分钟后。"办事员说，"你们想要托运这些包吗？"

"不，我们想要买票。"弗兰克递出他们凑起来的钱。

办事员一声不吭，处理了售票业务。吉姆松了一口气，因为开往移民地的雪地车并非每日都运行。他们可能不得不东躲西藏一整天或好多天，努力在不撞见豪的情况下逃脱。这种可能性让他十分焦虑。

他们在车站后边找到座位，等待起来。不久后吉姆说道："弗兰克，火卫二升起了吗？"

"我没注意。为什么问这个？"

"也许我可以给家里打一通电话。"

"我们没钱。"

"我会打受话人付费电话。"吉姆走向办事员桌子对面的电话亭。办事员抬起头看了一眼，但一句话也没说。他进入电话亭，给接线员发出信号。自从威利斯吐露无迁徙政策的秘密，他潜意识中一直在担心家里，想把消息告诉父亲。

屏幕亮起，一个年轻女人出现在屏幕里。"我想要打电话到南方移民地。"吉姆说道。

"要到今天上午晚些时候才能中继传送。"女人告诉吉姆，"你想要录制一条延时信息吗？"

他打消了主意，因为延时信息无法让受话人付费。"不用了，谢谢你，我会稍后再试试。"他撒了个谎，关闭屏幕。

办事员叩击电话亭的门，他告诉吉姆："驾驶员让你们准备上车了。"吉姆匆忙戴好面罩，跟着弗兰克走出气闸门。驾驶员正在关上雪地车的行李舱。他接过两人的车票，两个少年登上雪地车。他们又是仅有的乘客，两人占据了观景座。

10分钟后，吉姆厌倦了凝望外面冉冉升起的太阳，说道："我困了，我要下去睡觉。"

"我会让驾驶员打开广播。"弗兰克说，"哦，管他呢。我俩都度过了辛苦的一夜。下去吧。"

"好吧。"他们走进下层车厢，找到铺位，蜷缩进去。几分钟后，两人就打起了鼾。

雪地车在日出时离开小瑟提斯，始终比每日融冰线领先一步，从而不必在海斯派瑞登姆短暂停留。雪地车继续往南驶，大约会在中午抵达希尼亚。现在已至深秋，不用担心从希尼亚到哈喇克斯的冰层承载力。斯特里蒙运河要到明年春季才会再次消融。

驾驶员很高兴能按照时刻表发车。当上午快到尽头、火卫二升起时，驾驶员放松下来，打开广播。他听到的内容使得他迅速地检查了一下乘客。两个乘客仍在睡觉，驾驶员决定在他抵达希尼亚车站之前都不叫醒他们。

雪地车抵达希尼亚车站后，驾驶员匆匆走进车站。吉姆和弗兰克被雪地车停下时的动静弄醒，但没有下车。驾驶员很快回来说道："停车用餐。所有人下车。"

弗兰克答道："我们不饿。"

驾驶员看起来仓皇失措。"不管怎样，最好还是下来。"他坚持道，"车子静止不动时，车内会变得非常冷。"

"我们不介意。"弗兰克心里想着，一等驾驶员离去，他就会从旅行包里掏出一罐食物。对于他的肚子来说，从昨天的晚餐时间到今天中午是一段漫长的时光。

"有什么问题？"驾驶员继续说，"身无分文？"两人神情中的异样使得驾驶员继续说："我会请你俩每人吃一份三明治。"

弗兰克谢绝了，但吉姆调停道："别犯傻了，弗兰克。谢谢你，先生。我们接受好意。"

希尼亚车站的站长兼总管乔治猜疑地看着他们，一声不响地端上三明治。驾驶员囫囵吞下食物，很快就吃完了。当他起身时，两个少年也站起身。

"放轻松，"驾驶员建议两个少年，"我有二三十分钟的活要干，要装货和查核。"

"我们不能帮你一把吗？"吉姆问道。

"不用，你们只会碍事。我准备好后会喊你们的。"

"好吧，谢谢你请我们吃三明治。"

"不用客气。"驾驶员走了出去。

不到10分钟后，他们的耳朵隐约听见雪地车启动的声音。弗兰克大吃一惊，冲到窗户前。雪地车早已消失在南边。弗兰克转身对站长喊道："嘿，他没有等我俩上车！"

"确实没有。"

"但他说他会喊我们的。"

"是的。"站长继续看报。

"但——但是为什么，"弗兰克不依不饶，"他让我们在这儿等的。"

站长放下报纸。"情况是这样，"他说，"克莱姆是个爱好和平的男人，他告诉我，他不是一个警察。他说，他不会参与逮捕两个少年的行动。"

"什么！"

吉姆和弗兰克一起站在柜台前。"这是怎么回事？"他问道。

"我只知道上头发布了逮捕你俩的命令。你们被指控犯下入室盗窃、偷窃、逃学、破坏公司财物——几乎每种罪名都齐了，就差妨害运河罪。听起来你俩是一对亡命之徒，不过看起来不像。"

"我明白了。"弗兰克缓缓说道，"好吧，你会对此做些什么？"

"什么都不做。明天早上会有一辆特别的雪地车抵达此地，我推测车上会载着不少警察，制服两个违法之徒绰绰有余。在此期间，你们喜欢做什么都随便，也可以去外面逛逛。当你们感觉冷时，就回到室内来。"他继续读起了报纸。

"我明白了。走吧，吉姆。"他们退到房间远处的角落里，开起"战前会议"。站长的态度很容易理解。希尼亚车站离任何地方都有将近1.6千米远，车站是唯一能抵挡夜间致命寒冷的人类住所。

吉姆就快流出眼泪了。"对不起，弗兰克。要是我没有这么想吃东西，这件事就不会发生。"

"别自责了，"弗兰克劝告他，"你能想象我们对两个无辜的局外人开枪，再劫持雪地车吗？我无法想象。"

"是的，我想你是对的。"

"我当然是对的。我们得决定接下来怎么办。"

"我只清楚一点，那就是我绝不会任由那些人把我拖回学校。"

"我也是。更重要的是，我们得给我们的家人传达消息，告诉他们那个酝酿中的、对他们不利的交易。"

"嘿，也许我们现在可以打电话！"

"你认为他——"弗兰克朝着站长点点脑袋，"会让我们打电话？"

"也许会，也许不会。我逼不得已时也会诉诸武力。"吉姆站起身，走向站长，"我们要用电话，你会反对吗？"

站长甚至没有抬起头看他。"一点儿也不。请自便。"

吉姆走进电话亭。这儿没有本地交换机，这套设备就是为了与火卫二上的中继站建立无线电链路。透明显示器显示，火卫二在地平线上方。见此情景，吉姆按下呼叫按钮，要求连接南方移民地。

在不寻常的长时间延滞后，一个甜美的非真人嗓音说道："由于我们发生了控制之外的状况，目前不接受希尼亚车站打给南方移民地的电话。"

吉姆开始询问在南方移民地能否望见火卫二，因为他知道，视距对于火星上的无线电传输来说至关重要。当然，这是他熟悉的唯一一种无线电传输方式。但中继站已经关闭，他再次按下呼叫按钮时，对方没有回答。他离开电话亭，告诉弗兰克这件事。

"听起来豪已经找到了我们的位置，"弗兰克评论道，"我不相信那是故障。除非——"

"除非什么？"

"除非不止这些。比彻也许在背后操纵，他为了推行计划提前干扰信息的传送。"

"弗兰克，我们得将消息捎给家人。瞧瞧现在的处境，我敢打赌，我们能躲藏到希尼亚城的火星人那儿。毕竟，他们之前给我们提供了水和——"

"假定我们能躲藏到那儿，那对我们有什么用？"

"让我把话说完。我们可以从这儿寄出一封信，向我们的家人交代来龙去脉，告诉他们我们躲藏在哪儿。接着我们可以等到他们过来接我们。"

弗兰克摇摇头。"如果我们从这儿寄出一封信，那个面无表情的站长一定会知道。接着，等我们离开而警察出现后，他会把信交给警察。信没有到我们家人手上，反而会到豪和比彻手上。"

"你真的这么认为？任何人都无权接触私人邮件。"

"别天真了。吉姆，我们得亲自送达这个消息。"

他们对面的墙上有一张希尼亚车站服务区域的地图。

两人谈话时，弗兰克一直在漫不经心地打量地图。他突然说道："吉姆，希尼亚南面的新车站叫什么？"

"啊？你指的是哪儿？"

"那儿。"弗兰克用手指向地图。地图上印有一个西斯特里蒙运河沿线的车站，就在他们的南面。

"那个？"吉姆说，"那一定是用于大气项目的掩蔽所之一。"

掩蔽所源自还原火星氧气的宏大计划，该计划要求明年春天在希尼亚和哈喇克斯之间的沙漠上建立一系列加工厂。在位于利比亚山的1号工厂还未建成时，一些掩蔽所已经完工。

"它离这儿顶多160千米远。"

"也许是170千米。"吉姆看着地图的比例尺，说道。

弗兰克的眼睛里出现茫然的神情。"我想，我能在天黑前穿着冰鞋滑到那么远的地方。你有胆量吗？"

"什么？你疯了？那样我们离家依然有1100多千米远。"

"我们一天能滑上300多千米。"弗兰克答道，"还有更多掩蔽所吗？"

"地图上没有显示，"吉姆思考起来，"我知道他们已经建成不止一座掩蔽所，我听老爸讨论过此事。"

"假如有必要，我们可以滑整个晚上，然后白天睡觉。那样我们就不会被冻着。"

"嗯……我想你在开玩笑。我曾看见一个晚上被困在外面的人，他被冻得硬邦邦。好吧，我们什么时候出发？"

"立刻。"

他们拿起背包，走向大门。站长抬起头，说道："去外面？"

"散散步。"

"还是留下你们的旅行包为好。反正你们会回来的。"

两人没有回答，而是继续走出大门。5分钟后，他们就在西斯特里蒙运河上滑向南方。

"嘿，吉姆！"

"怎么了？"

"我们稍停一下。我想背上旅行包。"

"我也是这么想的。"他们的旅行包令他们失衡，妨碍适当的手臂动作和速度。滑冰是一种常见的移动形式。旅行包有拎带，使得它们可以像背包一样被背在身上。吉姆在背上旅行包之前先打开包，威利斯伸出眼柄，斥责一般地看着他。

"吉姆伙计消失了好久。"

"对不起，老伙计。"

"威利斯没有说话。"

"现在威利斯想说什么都可以。如果我把包稍微打开，你就能看见外面，那么你能不让自己摔出去吗？"

"威利斯想要出来。"

"还不能那么做，我现在要带着你滑冰，你不会摔出去吧？"

"威利斯不会摔出去。"

"好的。"吉姆背上旅行包，他们再次启程。

他们逐渐加速。火星上有坚硬的冰面、极小的空气阻力和低引力，滑冰者的速度只受到动作技巧的限制。两个少年都很会滑冰。随着威利斯发出一声欢呼，少年们开始了远距离的滑行。

希尼亚和哈喇克斯之间的荒漠高原比希尼亚和赤道之间的死海海底更加高。这个落差被用来运输南极冰冠的水，水会越过荒漠，输送到赤道附近的大绿化带。在仲冬，南极冰冠抵达哈喇克斯。斯特里蒙双子运河从哈喇克斯开始，当南极冰冠在春季融化时，它是主要放流口之一。

少年们从运河较低的一端启程。运河的两壁直抵他们脑袋上方的高处。而且，水位或冰面很低，因为现在是晚秋时节；在春汛时，水位会高得多。除了前方的运河河岸、远方的蓝色天空和头顶的黑紫色天空，没什么可看的风景。太阳在他们身后——子午线的西面。它在向着北方移动，北半球即将迎来夏至。火星上的四季不像地球上那样有迟滞，因为火星上没有海洋蓄积热量，唯一影响气候变化速度的是南北极冰冠的冻结和融化。

既然没有风景可看，两个少年便把精力集中在滑冰上，低下脑袋，双肩摇摆。

在单调地速滑了许久后，吉姆变得粗心起来，他的右脚脚趾隔着冰鞋撞到了冰层中的微小障碍物。他摔倒了。幸好他的户外服使得他免受寒冰冻伤，他也知道如何安全地落地，但威利斯从包里飞出来，就像酒瓶中飞出的软木塞一样。

蹦蹦兽出于本能，立刻缩回所有凸出物。它像圆球一样落地，滚动起来，在冰面上滚动了好几百米。弗兰克一看见

吉姆跌倒，就像冰球手一样急停，掀起了一团冰屑，然后回来搀扶吉姆起身。"你还好吗？"

"当然。威利斯在哪儿？"

他们往后滑，发现了蹦蹦兽。此刻它用小小的伪足站着，等待他俩。"哇！"威利斯在他们过来时喊道，"再做一遍！"

"绝对不会了，"吉姆向它保证，再把它塞回包里，"弗兰克，我们已经行进了多久？"

"不超过3小时。"弗兰克看了下太阳后判断道。

"我真希望我的手表还在，"吉姆抱怨道，"我们可不想滑过头，错过掩蔽所。"

"哦，我们再滑两小时也到不了掩蔽所。"

"有没有办法能避免错过掩蔽所？我们的视线无法越过这些河岸。"

"想折回去吗？"

"不想。"

"那就别再担忧了。"

吉姆闭上嘴，但心中依然很担忧。或许正是因为那样，他才在他们接近掩蔽所时注意到了掩蔽所的唯一标示，而弗兰克直接从旁边滑过去了。那只是一条从河岸延伸下来的普通坡道。每隔几千米就有这样的坡道，它们和运河本身一样古老，但这条坡道在运河上面设置了一根悬垂的横梁，似乎是用于支撑起重机。吉姆发现它是地球人的制造品。

吉姆停了下来。弗兰克往前滑着，随即注意到吉姆没有跟随他，于是折回来。"出了什么事？"他喊道。

“我想是这儿了。”

“嗯……有可能。”他们脱下冰鞋，爬上坡道。坡顶有一座泡泡形状的建筑物，与河岸隔着一段短短的距离。在火星任何一个角落里，这种建筑物就是地球人的标记。建筑物之外是一块地基，准备建造氧还原工厂。吉姆深深地叹了口气。弗兰克点点头，说：“正在我们预计会找到它的地方。”

“时间刚刚好。”吉姆补充道。太阳接近西边的地平线了，在他们注视时变得越来越近。

掩蔽所里当然一个人都没有。在这个纬度，明年春天之前都无法进行进一步的工作。掩蔽所内没有增压，他们打开外侧门，立刻通过内侧门走进了室内。弗兰克摸索着找到电灯开关并打开它，灯光照亮了整个地方。照明设备由建筑物的核燃料电源组供电，不要求人工看管。

这是个简单的掩蔽所，除了被厨房占据的空间，其他地方都排列着床铺。弗兰克开心地环顾四周：“看起来我们已经找到一个像家一样舒适的地方了，吉姆。”

“是啊。”吉姆看看四周，找到掩蔽所的调温器，将它打开。不久，房间里变得暖和起来，与调温器相连的气压调节器启动了增压器，响起了轻轻的吹气声。几分钟后，两个少年终于能摘下面罩、脱下户外服了。

吉姆在厨房内四处查看，他打开橱柜，往架子上看了看。“找到什么了吗？”弗兰克问道。

“什么都没有。他们至少也该留一罐豆子吧。”

“现在你也许会庆幸我在出发前洗劫了厨房。晚餐5分钟后便好。"

"好吧，"吉姆承认道，"向你致敬。"他试了试水龙头。"水箱里有足够多的水。"他宣布。

"很好！"弗兰克答道，"那节省了我去外面削冰的工夫。我需要给面罩补水，我在最后几千米的路上一直感觉好干。"火星面罩上隆起的鸡冠状结构不仅仅是一个自带电源组的小型增压器，也是个小型储水囊。面罩内的一个吸嘴使得穿戴者能在户外饮水，不过这属于次要功能。火星面罩内需要有水的首要原因是为了润湿一根吸水芯，空气在抵达穿戴者的鼻子之前会先穿过吸水芯。

"你觉得干？好吧，真让我无语。你难道不知道要补水吗？"

"我忘记在出发前添水了。"

"跟游客一样业余！"

"我们离开时太匆忙了。"

"这种状态持续了多久？"

"我也说不清楚。"弗兰克闪烁其词。

"你的喉咙怎么样？"

"没事，只是有一点儿干而已。"

"让我看看。"吉姆坚持说道，并走向弗兰克。

弗兰克把他推开。"我都告诉你没事了，我们吃晚餐吧。"

"好吧。"

他们吃了咸牛肉炖杂菜罐头，随后就上床睡觉。威利斯依偎着吉姆，贴着他的肚子，模仿他的鼾声。

早餐和昨天的晚餐一样，因为昨天还剩下一些咸牛肉炖杂菜，弗兰克主张他们不能浪费一丁点儿的食物。威利斯没有吃早餐，因为它在两周前刚刚吃过，但它吸干了差不多一升水。他们快离开时，吉姆拿起一个手电筒："瞧瞧我找到了什么。"

　　"放回去，我们出发吧。"

　　"我要留下它，"吉姆边回答边把手电筒塞进包里，"我们也许用得上。"

　　"我们用不上，而且它不是你的。"

　　"看在老天的分上，我不是要偷走它，只是借用一下。眼下是紧急情况。"

　　弗兰克耸耸肩说："好吧，我们出发吧。"几分钟后，他们就到了冰面上，再次向南滑行。天色不错，火星上的白天几乎总是如此。当太阳升得足够高时，阳光能照进运河槽。因此尽管时值深秋，但天气几乎称得上暖和。弗兰克在中午时发现了一座大气项目掩蔽所的吊梁，两人得以在室内吃午餐，免除了一份乏味、麻烦、令人不快的差事——通过呼吸面罩的嘴阀进食可不容易。这座掩蔽所和第一座掩蔽所相似，但附近还没有建起工厂地基。

　　当他们准备离开掩蔽所时，吉姆问道："弗兰克，你的脸看起来有点儿红，发烧了吗？"

　　"只是血气旺盛，"弗兰克坚称，"我没事。"然而，他再次戴上面罩时就咳嗽起来。"火星喉。"吉姆心想，但他什么都没说，因为他没什么能为弗兰克做的。

　　火星喉本身不是一种疾病，它只是因直接暴露在火星空气中而引起的鼻子和喉咙极度干燥的状况。火星上的湿度通常为零，而脱水的喉咙对此时喉咙中可能存在的任何病原体敞开大门。这会导致致命的喉咙痛。

下午无惊无险地过去了。太阳开始落向地平线，看起来家园可能就在不超过800千米远的地方。吉姆整个下午都密切关注着弗兰克。他的好友滑行的动作看起来一如既往地有力。他判断，或许咳嗽只是一场虚惊。他滑行到弗兰克身旁，说："我们最好开始寻找掩蔽所了。"

"正合我意。"

很快，他们就经过又一条好久前火星人建起的坡道，但上方没有吊梁，也没有其他任何地球人活动的迹象。虽然现在河岸低了一点，但依然高得望不见河岸上的情况。吉姆稍稍加快了动作，两人匆匆向前滑去。

他们到达另一条坡道，但仍没有看到任何可能存在掩蔽所的迹象。吉姆停下来。"我建议我们看一眼河岸上面。"他说，"我们知道掩蔽所建造在坡道旁，建造者也许出于某种原因拆下了起重机。"

"这只会浪费宝贵的时间。"弗兰克抗议道，"要是我们抓紧时间，还能在天黑前赶到另一条坡道。"

"好吧，既然你这么说——"吉姆重新出发，加快速度。

下一条坡道依旧没有发现存在掩蔽所的迹象，吉姆再度停下。"我们去看一眼吧，"他恳求道，"我们不可能在日落前到达下一条坡道。"

"好吧。"弗兰克弯下腰，拽下冰鞋。

两人快步爬上河岸，到达坡道上面。低斜的日光下，除了运河旁的植被，什么都没有。

吉姆想通过大喊来释放他的疲倦和失望。"我们现在怎么办？"他说。

"回到下面。"弗兰克答道，"继续前行，直至找到掩蔽所。"

"我们不可能在黑夜中认出吊梁。"

"那么我们就始终向前行进，"弗兰克冷酷地说道，"直到我们倒下。"

"我们更可能会被冻住。"

"要我说，"弗兰克答道，"我们已经累坏了。就算我们没被冻住，就我来说，我也没法整晚前行。"

"你感觉不太好？"

"那是轻描淡写的说法。我们停下来休息吧。"

"好吧。"

威利斯已经爬出旅行包，坐到吉姆的肩膀上，想看得更清楚。现在它蹦到地上滚走了。吉姆伸手去抓，却没抓到。

"嘿！威利斯！回到这儿来！"

威利斯没有回答。吉姆开始追赶它，却举步维艰。通常情况下，威利斯会钻到运河植物下面，但现在是傍晚时分，大多数植物已经低伏到几乎及膝的高度，准备缩回地里过夜。一些较不耐寒的植物已消失不见，只留下一块块光秃秃的土地。

植被似乎没有拖慢威利斯的速度，但吉姆前进得困难重重，他不可能追赶上威利斯。弗兰克喊道："小心寻水怪！看好落脚点！"吉姆被如此警告后，更加小心地往前走，速度更加缓慢。他停下步子喊："威利斯！哦，威利斯！回来！回来，不然我们就丢下你走了。"但这完全是空洞的威胁。

弗兰克走上来与他会合。"我们不能在这儿逗留，吉姆。"

"我知道。难道你能预料到它会在紧急关头搞这么一出？"

"它是个讨厌鬼，这就是它的本质。赶紧追吧。"

威利斯的声音，或者说被威利斯使用的吉姆的嗓音，从远处传来："吉姆伙计！吉姆！到这儿来！"

吉姆艰难地穿过收缩的植被，弗兰克跟在他身后。他们发现蹦蹦兽待在一棵巨大植物的边沿上。那是一棵沙漠卷心菜，直径有50米。在运河附近不常见到沙漠卷心菜。这是一种野草，它无法生长在低纬度地区的绿色海底，然而，在离任何地表水都很远的沙漠中能找到它。

这棵沙漠卷心菜西面的一半仍然舒展得犹如一把半圆形的扇子，平铺在地面上，但东面的一半几乎垂直而立。扁平的叶片依然在贪婪地吸收阳光，为植物赖以存活的光合作用助力。耐寒的植物在阳光完全消失之前不会卷起来，也不会完全缩进地面。相反，它会蜷缩为一个紧密的球体，从而抵御严寒。它和地球上的卷心菜相似，不过尺寸庞大。

威利斯坐在那一半平铺在地面上的植物边沿，吉姆伸手去抓它。威利斯蹦上立起的那一半边沿，滚向植物的中心。吉姆停下来说道："哦，威利斯，快回到这里来。请回来。"

"别追它，"弗兰克警告道，"那玩意儿也许会把你包

住。太阳几乎落下地平线了。"

"不会的。威利斯！回来！"

威利斯回应道："到这儿来，吉姆伙计。"

"你到这儿来。"

"吉姆伙计到这儿来，弗兰克到这儿来，那儿很冷，这儿暖和。"

"弗兰克，我该做什么？"

威利斯再次喊道："过来，吉姆伙计。暖和！整晚都暖和。"

吉姆盯着看了一会儿。"弗兰克，你知道吗？我想它的意思是让植物包裹住它。它想要我们加入。"

"听起来是那样。"

"过来，吉姆！过来，弗兰克！"威利斯坚持道，"赶快！"

"也许它知道它在做什么，"弗兰克补充道，"就像医生说的，它有在火星上生存的本能，而我们没有。"

"但我们不能进入一棵沙漠卷心菜。它会把我们压碎的。"

"我不知道。"

"不管怎样，我们会窒息的。"

"大概吧。"弗兰克突然补充道，"吉姆，你接下来要做什么随便你，我不能再滑下去了。"他把一只脚放到一片宽阔的叶子上（叶片在他接触后缩了一下），接着迈着大步平稳地走向蹦蹦兽。吉姆看了他片刻，然后跑向他们。

威利斯喜悦地欢迎两人："好伙计，弗兰克！好伙计，吉姆！待在这儿很舒服，整晚都暖和。"

太阳渐渐落到远方的沙丘背后，落日时的寒风朝他们呼啸吹来。植物的边沿升起，开始卷向他们。"弗兰克，我们如果现在跳起来，还能脱身。"吉姆紧张不安地说道。

"我要留下来。"虽然这么说，弗兰克还是惴惴不安地注视着靠近的叶片。

"我们会被闷死的。"

"也许吧，那总比冻死强。"

内侧的叶片开始卷曲得比外侧叶片更快。这样的一片叶子最宽处有1.2米，至少有3米长，在吉姆身后升起，向内卷曲，直至触碰到他的肩膀。他紧张地击打叶片。叶片嗖地弹开，再继续缓缓向他靠近。"弗兰克，"吉姆尖声叫道，"它们会闷死我们的！"

弗兰克担忧地看着宽阔的叶片，现在卷曲的叶片围住了他们。"吉姆，"他说，"坐下，张开双腿，再握住我的双手，我们搭成拱形。"

"做什么？"

"这样我们会占据尽可能多的空间，赶紧！"

吉姆赶紧照做了。两人用手肘、膝盖和双手撑起一片差不多呈球形的空间，直径约为1.5米，高度比1.5米略低。叶片在他们上方合拢，似乎感知到了他们的存在，随后就牢固地贴着他们，但没有用足以压碎他们的压力。不久后，最后一块开放的空间也被叶片覆盖，他们陷入完全的黑暗中。"弗兰克，"吉姆问道，"我们现在能移动了，对吧？"

"不行！要等到外侧的叶片落定。"

吉姆纹丝不动地等了好久。他知道已经过去很久，因为他一直数到了1000。他正开始数向2000时，威利斯在他双腿间的空间里动弹起来："吉姆伙计，弗兰克伙计，舒服而又暖和，对吧？"

"是的，威利斯。"他同意道，"怎么样，弗兰克？"

"我们现在可以放松了。"弗兰克放下手臂。在他上方形成顶篷的内侧叶片立刻向下卷曲，在黑暗中掠过他。弗兰克出于本能拍了下叶片，叶片随之后撤。

吉姆说道："这儿已经变得越来越闷了。"

"别担心，放轻松，浅浅地呼吸，别说话，不要动弹，这样你会耗费更少的氧气。"

"我们迟早会窒息而死，等10分钟还是1小时有什么区别？弗兰克，这是一个疯狂的举动。不管你怎么想，我们都撑不到早上。"

"为什么不行？我在一本书里读到过，有人曾让自己被活埋几天，甚至是几周，当他们被挖出来时，他们依然活着。"

"我不相信。"

"我在一本书里读到过，我告诉过你。"

"你认为任何被印在书里的东西都真实无误？"

弗兰克犹豫了一下后才回答："最好是真的，因为这是我们生还的唯一机会。现在你能闭嘴吗？假如你继续唠叨，你会用掉这儿的氧气，害死我俩，而这会是你的过错。"

吉姆就此闭嘴，他只能听见弗兰克的呼吸声。他放下手，摸了摸威利斯。蹦蹦兽已经缩回所有眼柄，成了一个光滑的圆球，显然在睡觉。不久，弗兰克的呼吸声变成了刺耳的鼾声。

吉姆尝试睡觉，但睡不着。漆黑的环境和越来越死滞的空气像有千钧重，压迫着他。他再次希望他的手表还在，可惜他把手表卖给了精明的斯迈思。假如他能知道现在是什么时间、离日出还有多久，他就还能忍受。

一段时间后，他坚信夜晚已经过去，或者说差不多已经过去。他开始期待黎明，期待这棵巨型植物展开叶片。他预期这一幕随时会发生，却等待了好久，他估计至少有两小时，于是他恐慌起来。他知道，现在是季末；他也知道，沙漠卷心菜闭拢后会冬眠一整个冬天。也许弗兰克和他交了天大的霉运，在一棵沙漠卷心菜开始冬眠的头一晚躲进它里面。

从现在算起，漫长的12个月之后，也就是未来300多天之后，这棵植物也许才会重新打开，迎接春日的太阳，并释放出他们——死翘翘的他们。他对此确信。

他想起他在第一个掩蔽所里拿走的手电筒。这个念头激励了他，使他卸下当下的恐惧。他倾身向前，背过手，尝试够到包里的手电筒。

他周围的叶片围拢过来。他击打叶片，叶片退缩离开。他终于够着手电筒，将它拽出来并打开。光线照亮了逼仄的空间。弗兰克不再打鼾，眨巴眼睛问道："出什么事了？"

"我刚想起它。幸亏我拿来了。"

"最好把它关上，接着睡觉。"

"它又不耗费氧气。手电筒开着时，我会感觉好受些。"

"你也许会好受些，但只要你醒着，你就会消耗更多氧气。"

"我想是这样。"吉姆突然回想到在他拿出手电筒之前一直让他恐惧的事，"这没有多少差别。"他向弗兰克解释，他确信他们会永远被困在沙漠卷心菜中。

"胡说八道！"弗兰克说道。

"你才胡说八道！为什么都黎明了，它还没打开？"

"因为，"弗兰克说，"我们待在这儿的时间还不超过一小时。"

"什么？鬼才相信。"

"相信我没错。现在闭上嘴，让我睡觉。最好把手电筒关掉。"弗兰克再次把脑袋靠到膝盖上。

吉姆不再出声，但他没关掉手电筒。灯光慰藉了他的心灵。此外，此前他们脑袋上方的内侧叶片显示出一种恼人的收拢倾向，现在已经退开了一大截，舒展了一些，紧贴外层的叶片形成了致密的墙壁。植物的动作受到不需要智慧的本能的控制，它们在尽全力以最大化的表面接收手电筒的光。

吉姆没有分析这件事，他对于光合作用和向日性只有粗略的了解。他只是察觉到，他们所处的空间在光的照射下似乎更宽敞了，紧挨着他们的叶片也松开了。他把手电筒靠在纹丝不动的威利斯身上，尝试放松。

有光亮时，这儿就感觉不那么窒闷了。他觉得气压稍稍上升了。他考虑摘下面罩，但又决定还是别那么做。不久后，他在不知不觉中坠入梦乡。

他做着梦，梦见自己在做梦。躲藏在沙漠卷心菜中仅仅是一个奇异的、不可思议的幻梦，而学校和豪校长仅仅是一个噩梦。他实际上还在家里，在床上熟睡，威利斯依偎在他身旁。明天，弗兰克和他会启程去小瑟提斯入学。

这只是一个噩梦，由威利斯会被从他身边夺走的暗示引起。他们在筹划从他身边夺走威利斯！他们不能那么做，他不会让他们那么做！

他的梦境再次变幻。他再次违抗了豪校长，再次营救出威利斯并逃离学校。他们再次被困在一棵沙漠卷心菜里。

他怀着苦涩的心情，认准了事情会像这样毫无例外地结束。这就是现实，他将因困在一棵冬眠中的巨大野草中窒息而死。

他哽咽着，咕哝着，试图醒来，接着又坠入另一个不那么难熬的梦里。

第七章
受到追踪

　　小小的火卫———火星的内侧卫星显露出来，以飞快的速度由西向东飞到升起的太阳面前。红色火星从容地旋转一周（每旋转一周花费24.5个小时）后，将日光引入东斯特里蒙运河，再掠过双子运河之间的沙漠河岸，到达西斯特里蒙运河的河岸，照射到那条运河东岸附近的一个大圆球上。那个大圆球其实是一棵为了抵御严寒而闭拢的沙漠卷心菜。

　　沙漠卷心菜动起来，徐徐打开。朝向太阳的一半打开后铺展在地面上；另一半像孔雀尾羽一般张开，以便捕捉几乎是水平射来的日光。当它展开那一半叶片的时候，它从核心中甩出了什么东西——是两具穿着弹性户外服、戴着怪异头盔、身形扭曲僵硬的人类躯体。

　　一个小球随着他们一起被甩出来，在绿色的厚叶片上滚出几米后停下。它伸出眼柄和充当腿的小凸块，摇摇摆摆地走回到四仰八叉的人体旁。它顶了顶其中一具躯体，犹豫了一下，再次顶了顶，然后坐定，发出细声的哀号，其中夹杂着难以慰藉的悲伤和极度的失落。

吉姆睁开一只充血的眼睛。"停止这可恶的哀号。"他生气地说道。

威利斯尖叫了一声"吉姆伙计"，蹦到他的肚子上，并继续在那儿上蹿下跳，欣喜地问候他。

吉姆把它推开，再用一条胳膊搂住它。"冷静，注意举止。哎哟！"

"怎么了，吉姆伙计？"

"我的胳膊僵住了。哎——哎哟！"吉姆尝试活动其他身体部位，发现他的双腿也僵住了，还有他的背部和脖颈。

"你怎么了？"弗兰克追问道。

"僵硬得要命。今天我最好还是用双手来滑冰。话说回来——"

"什么？"

"也许我们不用滑冰。我想，春汛是不是已经开始了？"

"啊？你在说什么傻话？"弗兰克小心翼翼地坐起身。

"哎，春汛，当然了。我们不知怎么撑过了冬季，不过我不知道是怎么撑过去的。现在我们——"

"别犯傻了。看看太阳从哪儿升起的吧。"

吉姆看了一眼。火星移民者比地球上任何一个人都能更加敏锐地察觉到太阳的运动——也许因纽特人除外。吉姆只说出一句："哦……"接着他补充道："我想那是个梦。"

"要么是梦，要么是你比平时更加傻。我们动身吧。"弗兰克呻吟一声，挣扎着站起身。

"你感觉如何？"

"感觉就像我的祖父一样老。"

"我是说，你的喉咙怎么样了？"吉姆继续问道。

"哦，喉咙没事。"弗兰克随即发出一阵咳嗽，就像是反驳了自己一样。他用尽意志力，稍微控制住咳嗽。戴着呼吸面罩咳嗽很糟糕，打喷嚏则更加糟糕。

"想吃点早餐吗？"

"我现在不饿。"弗兰克答道，"我们先找一处掩蔽所，这样我们就能舒适地用餐了。"

"好吧。"吉姆把威利斯塞回旅行包，又试着动了动，发觉自己能站立和行走。他注意到手电筒，把它也塞进包里，再跟着弗兰克走向河岸。运河两旁的植被开始显露，甚至就在他们步行时，落脚处的植被都变得越来越茂密。在他们从中走过时，这些绿色植物由于寒夜刚结束不久而依然僵硬，无法迅速地抽离。

他们走到河岸上。"坡道一定在右边大约100米之外，"弗兰克判断道，"是的——我看到了。走吧。"

吉姆拽住弗兰克的胳膊，将他往后拉。"怎么了？"弗兰克问道。

"瞧瞧运河上面，往北看。"

"啊？哦！"一辆雪地车正在向他们驶来。雪地车通常能达到每小时400千米以上的速度，但这辆雪地车没有高速行驶，而是降到最低速度。两名男子坐在雪地车上方，身体暴露在外。

弗兰克赶忙后退。"好伙计，吉姆，"他赞许道，"我正要迎面走向他们。我想，我们最好让他们先走。"

"威利斯也是好伙计。"威利斯自鸣得意地插话进来。

"让他们先走，得了吧！"吉姆答道，"你看不出他们在做什么吗？"

"啊？"

"他们在追踪我们留下的划痕！"

弗兰克像是吃了一惊，却没有回应。他警惕地张望起来。"小心！"吉姆厉声说道，"那人有双筒望远镜。"弗兰克向后闪躲。他已经看得够清楚，雪地车几乎停在了他们昨晚停下的地方。车顶的一名男子透过观景舱的穹顶向驾驶员打手势，手指向坡道。

当然，运河冰面上从来不缺划痕。冰面通常在中午融化，然后重新冻住，直至冻结一切的冬季到来。然而，在这个远离任何一个移民点的地方，在这几个月内都不太可能有除两个少年之外的任何人滑过这段冰面。冰面上当然有雪地车留下的辙印，但是像所有滑冰者一样，吉姆和弗兰克避开了那些辙印，更偏爱没有辙印的冰面。

现在，他们的痕迹明白无误地留在冰面上，任何人都能从希尼亚车站一路追踪到他们附近的坡道。

"假如我们退回灌木丛里，"吉姆小声说道，"我们能躲藏到他们离开。他们永远不会发现我们在那里面。"

"假如他们不离开呢？你想要在沙漠卷心菜中再度过一夜吗？"

"他们一定会离开的。"

"当然，但不会很快。他们知道我们走上了坡道，所以他们会留下来搜寻，而且比我们能坚持的时间更久。他们能够那么做，毕竟他们有一个基地。"

"那么，我们该怎么做？"

"我们沿着河岸往南步行，至少要走到下一条坡道。"

"那么我们出发吧，他们马上就会走上坡道。"

弗兰克在前面领路，两人快步向南走去。现在，河岸旁的植物高得足以让他们从底下穿过。弗兰克行走的路线与河岸保持着大约10米的距离。展开的叶片及植物茎干底下比较幽暗，这让他们不会被远处的观察者发现。

吉姆小心防范着蛇虫和寻水怪，提醒威利斯也要小心。他们顺利地走了一段路，几分钟后，弗兰克停下脚步，示意吉姆安静，两人侧耳聆听起来。吉姆只能听见弗兰克刺耳的呼吸声。假如他们正受到追踪，那么追踪者离得不近。

两人走到坡道南面至少3千米处时，弗兰克突然停下脚步。吉姆撞上他，两人差点跌进又一条运河——正是它导致弗兰克停下了脚步。这条运河呈东西向，是主干河道一条很狭窄的支流。希尼亚和哈喇克斯之间有多条这样的支流，其中一些支流汇入斯特里蒙运河的东段和西段，一些支流则将水送入沙漠高原中的局部洼地。

吉姆低头望着狭窄又深邃的河沟。"哎呀！我们差点儿摔下去。"

弗兰克没有回应。他跪倒下来，然后坐到地上，扶着脑袋。突然，他爆发出一阵咳嗽声。当咳嗽结束时，他的肩膀依然在颤动，仿佛在无声地抽泣。

吉姆把一只手搭到弗兰克的手臂上。"你病得很严重，对吧，朋友？"

弗兰克没有回答。威利斯说了句"可怜的弗兰克伙计"，然后发出啧啧声。

吉姆再次注视运河，额头上出现皱纹。弗兰克不久后抬起脑袋，说道："我没事，只是有些烦躁——遇到这条运河，它拦住了我们的去路，我觉得好疲惫。"

吉姆说："听我说，弗兰克，我有一个新计划。我会沿着这条河沟往东走，直到找到一条爬下去的路，进入河沟。而你要往回走，去自首——"

"不行！"

"等我把话说完！这很合理。你病得太厉害，无法继续前进。假如你待在这儿，你会没命的，你还是承认这一点为好。总要有人把消息传达给我们的家人，那个人就是我。你回去自首，再向他们编一套谎言，说我往那个方向走了——除了这个方向，任何方向都成。假如你表现得好，你能拖住他们，让他们一整天都像没头苍蝇一样乱转，让我能领先一大截。与此同时，你躺在雪地车里，暖和又安全，今晚你就会睡到学校医务室的床上。这个计划难道不合理吗？"

"不合理。"

"为什么不合理？你这是在无理取闹。"

"不，"弗兰克重复道，"这个计划不好。首先，我不会将自己交给那伙人。我宁愿留在这儿——"

"笨蛋！"

"你才是笨蛋。其次，领先一天对你没什么用。一旦他们确定你不在我说的那个地方，他们就会回头继续坐着雪地车搜查运河。他们明天就会发现你。"

"但是——还有什么解决办法？"

"我不知道，但肯定不是这样。"他再次咳嗽起来。

两人有好几分钟都没吭声。最后吉姆说道："那是什么样的雪地车？"

"常见的货运型，我想是赫德森600型。为什么问这个？"

"它能在下面的冰面上转弯吗？"

弗兰克俯视下面的狭小运河。运河两侧朝着河底倾斜，水平面很低，以至于冰面仅有6米宽。"毫无可能。"他答道。

"那么他们不会试图用雪地车搜寻这条支流，至少不会用那辆雪地车。"

"我早就想到了，"弗兰克插话道，"你想穿越这条运河去东斯特里蒙运河，沿着它回家。但是你如何知道这条支流能通到东斯特里蒙运河呢？你把地图记得那么清楚？"

"不，我不清楚。但它很有可能通到东斯特里蒙运河。假如不通，那我们也越过了两条运河之间的大部分距离，我们只需要走完剩下的路程。"

"我们到达东斯特里蒙运河后，离哈喇克斯仍然有大约800千米远。西斯特里蒙运河沿岸有掩蔽所，即使我们昨晚错过了一座。"

"我们沿着东斯特里蒙运河找到掩蔽所的机会和沿着

西斯特里蒙运河找到的机会一样大，"吉姆答道，"明年春天，项目会在两边同时开始。我知道这个，因为老爸经常谈起。不管怎样，我们再也无法沿着西斯特里蒙运河行进了。他们在搜寻，为什么要自投罗网呢？真正的问题在于：你能滑行吗？假如你滑不了，我仍然建议你自首。"

弗兰克站起身。"我会滑下去。"他坚定地说道，"走吧。"

他们沿着石堤大胆地往前走，坚信追踪者依然在坡道附近搜寻。他们往东走了五六千米后，遇到一条向下通往冰面的坡道。"我们冒险试试？"吉姆问道。

"当然。就算他们派一个人穿上冰鞋过来，我也怀疑他会不会在没有辙印引路的情况下滑行到这么远的地方。我厌倦了步行。"他们走下去，穿上冰鞋，滑行起来。步行已经将前一天夜里引起的痉挛消除了大半，再次滑行在冰面上感觉很好。吉姆让弗兰克领头。弗兰克尽管生着病，但他大力地滑行，很快就滑出了几千米。

他们滑行了大约60千米后，注意到河岸开始变低。吉姆见到此景，有一种不祥的预感：这条小运河没有连接西斯特里蒙运河和东斯特里蒙运河，而仅仅是一条通向沙漠中低洼区域的支流。但他没有说出心中的忧虑。一小时后，他已不再需要对好友隐瞒忧虑了，因为事实已摆在他俩面前。河岸现在低矮得能让他们望见上方的情况，前方的冰面不再消失在蓝色天空中，而是到了尽头。

不久后，他们到了运河尽头，也就是一片冰封的沼泽。河岸消失了，粗糙的冰面向四面八方铺开，与远处的绿色植物连接。各处的野草被寒风吹着，一簇簇地竖立在冰面上。

他们继续向东走，在可以滑冰的地方滑行，在较高的地面上摸索。最终，弗兰克说道："到头了！滑不下去了！"于是他坐下脱掉冰鞋。

"对不起，弗兰克。"

"别说对不起，我们会用脚走完剩下的路，不会很远了。"

他们开始穿越植被区，步行的速度刚刚够让植物给他们让出一条路。沼泽周围的植物比运河旁的矮，高度勉强到肩膀，叶片也较小。他们这样走了几千米后，发觉自己到了沙丘上。

红色的、富含氧化铁的沙子会移位，让步行变得艰难，要攀爬或绕过沙丘更是难上加难。吉姆一般选择爬过沙丘，而弗兰克则绕过沙丘。吉姆在寻找地平线旁的一条深绿色线条，那条线就是东斯特里蒙运河。但他依然没有找到。

威利斯坚持要从包里出来。它在干净的沙子中进行了沙浴后，便始终走在吉姆前面，探索道路，惊扰起旋转虫。吉姆刚刚爬上一座沙丘，从另一侧走下来，这时他听见威利斯发出痛苦的吱吱声。他环顾四周。

弗兰克刚刚绕过沙丘，威利斯和他在一起——也就是说，威利斯已经蹦到了前面。此刻，它纹丝不动地站着。弗兰克显然什么都没有注意到，低着脑袋，无精打采地缓慢行走。

一只寻水怪径直冲向他们。

即便对一名射击运动员来说，此时射中目标的机会也不大。这一幕在吉姆眼中呈现出一种奇特的不真实感，仿佛弗兰克被冻结在原地，而寻水怪在慢悠悠地走向受害者。吉姆似乎拥有充足的时间来拔枪，他平稳而又小心地瞄准目标，然后开出第一枪。

这一枪烧掉了寻水怪的两对前腿。寻水怪还在往前冲。

吉姆再次瞄准，按下扳机。光束稳定地射在寻水怪的中心线上，把它切成两半，仿佛它撞到了一把嗡嗡响的电锯。寻水怪继续向前，直到两半身体不再相连，向两边倒下，并不断抽动。左半侧身体上犹如短弯刀的爪子就停在离威利斯约10厘米的地方。

吉姆冲下沙丘。弗兰克不再像一尊雕像，他停下了脚步，站在原地，对着突然倒下的怪物眨巴眼睛。他环顾四周时，吉姆走上前。"谢谢。"弗兰克说道。

吉姆没有回应，而是踢了踢寻水怪一条抽动的腿。"这个肮脏玩意儿！"他激动地说道，"老天，我恨死它们了。真希望我能一下子烧掉火星上所有的寻水怪。"他继续步行，来到寻水怪的尸体旁，找出卵鞘，仔细地用热能枪烧了个精光。

威利斯还没有移动，它在静静地啜泣。吉姆折回来，抱起威利斯，把它塞进旅行包里。"从现在开始，我们要待在一起，"他说，"要是你不想爬沙丘，我会选择绕路。"

"好的。"

"弗兰克！"
"什么事，吉姆？"弗兰克的声音有气无力。
"你看前方有什么？"

"前方？"弗兰克试图让眼睛聚焦于前方，驱走视野中的模糊，"是运河，我的意思是绿化带。我猜我们到了。"

"还有什么？你没看见一座高塔吗？"

"什么？哪儿？哦——是的，我看到了，确实是一座高塔。"

"你不知道那代表什么吗？火星人！"

"是的，我想是这样。"

"高兴点儿！"

"我为什么要高兴？"

"他们会带我们进去，伙计！火星人是好人。在我们继续上路前，会有一个温暖的休息场所。"

弗兰克看起来产生了一点儿兴趣，但仍一声不吭。"他们甚至可能认识壁虎，"吉姆继续说，"我们有救了。"

"是啊，也许是这样。"

他们又苦行了一小时后，才到达小小的火星人城镇。这座城镇小得只有一座高塔，但在吉姆看来，它比大瑟提斯更加美丽。他们沿着城墙走，很快就发现一道门。

他们进去还没超过几分钟，吉姆满心的希望就从高处跌到低谷。他甚至还没看见杂草丛生的中央花园，光是空无一人的步行道和寂静的庭院就已经告诉了他糟糕的真相：这是一座荒废的小镇。

曾经的火星肯定拥有比今时今日更多的原住民。像这样的幽灵城市并非不为人知，毕竟就连人口聚集的中心城市（譬如哈喇克斯、大瑟提斯、小瑟提斯、海斯派瑞登姆）都有不再被使用的区域，来自地球的游客有时被带领到那些区域参观。这座小镇显然不太重要，也许在地球人出现之前就已经被废弃了。

吉姆在广场上停下脚步，不想说话。弗兰克驻足后在一块金属板上坐下，金属板锃亮的表面有一些字符。如果地球学者看到了，会耗尽心血解读它们。吉姆说："休息一下，然后我们想办法下到运河上。"

弗兰克阴郁地答道："我不行了，我实在没力气了，只能走到这儿。"

"别那么说。"

"我告诉你，吉姆，这是事实。"

吉姆苦思起来："我会搜寻四周。这些地方的地下总是有蜂巢状的地道。我会为我俩找到一处地方，在那儿过一夜。"

"随便你。"

"你就待在这儿。"他正要离开，突然觉察到威利斯没和他在一起。他又回想起来，它在他们进入城镇时就跳下了地面。"威利斯——威利斯在哪儿？"

"我怎么会知道？"

"我得找到它。哦，威利斯！嘿，威利斯！过来啊，伙计！"他的声音在死寂的广场上回荡。

"嗨，吉姆！"

威利斯的声音隔着一段距离传到吉姆耳边。很快，它就进入了吉姆的视野。但它不是孤身一个，一个火星人正托着它。

火星人靠近他们，放下第三条腿，倾下身。他以隆隆的声音对着吉姆温和地说话。

"他在说什么，弗兰克？"

"啊？哦，我不知道。让他离开。"

火星人再次说话。吉姆放弃了让弗兰克翻译的企图，转而聚精会神地努力理解。他听出了倒转的提问符号，这句话是一种邀请或类似邀请的暗示。紧接着是表示位移的动词以及某个吉姆理解不了的词根。

他只以提问符号回答了火星人，希望火星人会重复一遍。威利斯代替火星人答道："过来，吉姆伙计——有不错的地方！"

他心想：有何不可呢？并答道："好的，威利斯。"他用一般赞成符号回复火星人，努力用喉咙发出外星人的三重喉音。火星人用倒转的句式重复一遍，再提起最靠近他们的那条腿，快步离开，没有转身。他走出大约25米远后，似乎才注意到吉姆他们没有跟着他。他又快步走回来，使用表达"怎么了？"这个意思的一般询问符号。

"威利斯，"吉姆催促道，"我想要他托起弗兰克。"

"托起弗兰克伙计？"

"是的，就像壁虎托起他那样。"

"壁虎不在这儿。这位是克彭克。"

"他名叫克彭可？"

"是克彭克。"威利斯纠正了吉姆的发音。

"好吧，我希望克彭克像壁虎那样托起弗兰克。"

威利斯和火星人叽里呱啦地说了一通，然后威利斯说："克彭克想知道吉姆伙计是不是认识壁虎。"

"告诉他，我们是朋友，一起喝水的朋友。"

"威利斯已经告诉了他。"

"弗兰克呢？"吉姆想说弗兰克也是一起喝水的朋友，但是看起来威利斯已经把这一点也告诉了它的新朋友，因为克彭克把弗兰克围进两片掌叶里，将他托起来。弗兰克睁开眼，又闭上眼。他似乎对自己身上发生的事情漠不关心。

吉姆在火星人身后小跑，中途只停下来从金属板上抓起弗兰克扔下的冰鞋。火星人领着他进入一座巨大的建筑物，内部比从外面看起来更大，灯具把墙壁照得璀璨辉煌。火星人没有逗留，而是径直走进远处墙壁中的一道拱门。这是一条通往地下的斜坡隧道的入口。

火星似乎从未发明出阶梯，更有可能是他们从来都不需要阶梯。火星地表上的重力仅有地球重力的38%，低重力使他们容易在坡道上行走。换作在地球上，这样的坡道走起来十分陡峭。火星人领着吉姆向下走过这些长长的、陡峭的坡道。

不一会儿，吉姆发觉气压又像之前在希尼亚城地下时那样上升了。他掀起面罩，感觉松了一大口气。他已经有超过24个小时未曾摘下面罩。气压的改变是突如其来的，他从这一点知道，改变的原因绝不只是高度下降。毕竟他们还没有走到足够深的地方，气压的变化不可能那么大。

吉姆想不通气压变化是如何实现的。他判断火星人有极其先进的气闸。

他们离开坡道，进入一间圆顶的大房间，天花板发出均匀的光亮，墙壁中有一系列拱门。克彭克停下脚步，再次对吉姆说话。这次又是询问，他在言语中使用了壁虎这个名字。吉姆在记忆中寻找，小心翼翼地组织起一句简单的回答："壁虎和我分享过水，我们是朋友。"

火星人似乎心满意足，他领着他们走进一间侧室，将弗兰克轻轻地放到地面上。房门在他们身后安静地合拢。这个房间对于火星人来说有点小，放有多个休息用的架子。克彭克将笨拙的身体安放到一个架子上。

吉姆突然感觉沉甸甸的，出乎意料地一屁股坐到地上。这种感觉持续着，随之而来的还有轻微的眩晕感。他始终坐在地上。"你还好吗，弗兰克？"他问道。

弗兰克嘟囔了一句什么。他的呼吸似乎吃力而又艰难。吉姆摘下弗兰克的面罩，摸了摸他的脸，很烫。

此时此刻，他对于弗兰克的情况无能为力。沉甸甸的感觉继续着。火星人看起来不想交谈。吉姆感觉，无论在何种情况下，他都没有能力用火星语对话。威利斯已经缩成一个球。吉姆在弗兰克身旁躺下，闭上眼睛，不去多想。

他感到片刻的轻盈，简直像眩晕，接着又感到沉甸甸的，心想自己是不是也生病了。他又静静地躺了一会儿，之后火星人弯腰在他上方开口说话。他坐起身，发现自己感觉又好起来了。于是克彭克托起弗兰克，他们离开了房间。

外面的圆顶大房间看起来和之前那间一模一样，不过这个房间里有一群火星人，有30多个。克彭克托着威利斯和弗兰克走出拱门，吉姆跟在他身后。此时，一个火星人离开人群，走上前来。以火星人的标准来说，这个火星人相当矮。"吉姆·马洛。"他以称呼符号说道。

"壁虎！"吉姆叫道，威利斯附和了一声。

壁虎弯腰靠近他。"我的朋友。"他用火星语柔声说道，"我的跛脚小朋友。"他托起吉姆，带他离开，其他火星人都向后让出路来。

壁虎快步穿过一条又一条隧道。吉姆向后望去，看见克彭克和其余的火星人都紧紧跟在身后，于是他就听之任之了。壁虎转了个弯，进入一个中等大小的房间，放下吉姆。弗兰克也被放在他身旁。弗兰克眨巴眼睛，问道："我们在哪儿？"

吉姆环顾四周。房间里有好几个休息用的架子，架子围成一圈。圆顶天花板模拟了天空。一面墙上有一条栩栩如生的迷你运河缓缓流过。弧形墙壁上的其他地方有一座火星城市的轮廓，轻盈的塔楼仿佛飘浮在空中。吉姆知道这些塔楼，知道它们是哪座城市的标志。他认出了这个房间。

这就是他和壁虎以及壁虎的朋友们一起进行"共同成长"仪式的房间。

"哦，我的天啊，弗兰克——我们回到了希尼亚。"

"啊？"弗兰克突然坐起身，瞪着四周，接着重新躺下，紧紧闭上双眼。

　　吉姆不知道是该笑还是该哭。所有的努力都白费了——他们为了逃离学校回到家所做出的努力，弗兰克即使生病、身体疲惫也勇敢地不言放弃，还有在沙漠卷心菜中度过的一夜，而他们现在又回到了离希尼亚车站不到5千米远的地方。

第八章
异世界

在壁虎能为他找到的最小的房间里，吉姆把它布置得像家一样——或者说像医院一样。他们到达后立刻进行了一次"共同成长"仪式。在仪式结尾，吉姆发现自己和之前一样，对火星语的掌握有了进步。他让壁虎明白，弗兰克生病了，需要安静的环境。

壁虎提出要接手照看弗兰克，但吉姆谢绝了。火星人的疗法也许治得了弗兰克，但也可能会要了他的性命。他转而要求充足的饮用水——既然他是"一起喝水的朋友"，就像是一个部落的弟兄一样，这就是他的权利。他还索要了五颜六色的火星丝织品，之前两个少年用丝织品来代替休息用的架子。吉姆用这些丝织品为弗兰克铺了一张柔软的床，在旁边为他自己和威利斯搭了个窝。他安排弗兰克睡下，又把他弄醒，让他喝下大量的水，再等待他好转。

房间相当舒适和温暖。吉姆脱下户外服，伸了个懒腰，挠了挠痒。他在深思熟虑后剥下弗兰克的户外服，给他盖上了一层火红色的火星丝织品。之后，他在弗兰克的旅行包里翻找食品。在此之前，他一直过于忙碌、过于疲惫，无暇为填饱肚子操心。此刻，他一看见罐头标签就流下了口水。他拿出一罐强化维生素的合成橙汁和一罐人造鸡排。后者源自北方移民地的酵母罐，但吉姆吃惯了酵母蛋白质，觉得它的味道像白色的鸡胸肉一样诱人。他吹着口哨，拿出刀子，大快朵颐起来。

威利斯已经溜达到其他地方，但吉姆并不思念它。当他和威利斯待在一座火星人城市中时，他不会担心威利斯，因为这个地方洋溢着和平和安全的氛围。事实上，吉姆直到吃完一餐抹起嘴巴时，才想到他照看的病人。

弗兰克依然睡着，但他的呼吸声粗重，脸仍然涨得通红。尽管房间里很温暖，气压让人满意，但空气依然是火星上特有的干燥空气。吉姆从包里拿出一块手绢，沾湿后放到弗兰克的脸上。他时不时地再次弄湿手绢。后来，他又拿出一块手绢，浸湿后盖在自己的脸上。

壁虎进来了，威利斯跟在后面。"吉姆·马洛。"他说完后坐到架子上。"壁虎。"吉姆一边答道，一边继续弄湿盖在弗兰克脸上的手绢。火星人安静地待了很久，以至于吉姆判断他已经进入他的异世界。但是当吉姆看向壁虎时，壁虎的眼睛显示出生机和兴趣。

在长久的等待后，他询问吉姆在做什么、为什么这么做。

吉姆试图解释他的同伴必须呼吸含有水的空气。尽管经历了"共同成长"仪式，但他的火星语词汇依然无法胜任这项任务。他放弃了表达，陷入久久的沉默。最终火星人离开了，威利斯也跟着走了。

不久后，吉姆注意到盖在他和弗兰克脸上的湿手绢不再很快干掉。不一会儿，手绢就完全不再变干。他拿下手绢，因为手绢令他不舒服。他判断手绢一定也让弗兰克感到不适，于是他彻底停止使用那些手绢。

壁虎回来了。仅仅沉默了10分钟，他就开口说话了。对于火星人而言，这显得过于匆忙。他想知道现在空气中的水汽是否足够。吉姆让壁虎放心，水汽足够了，并感谢了他。沉默了大约20分钟后，壁虎再次离开。吉姆决定钻进被窝。这是漫长而辛苦的一天，而昨晚的睡眠几乎称不上是休息。他环顾四周，寻找关灯的方法，却没有找到。他放弃了寻找，躺下来，把一条五颜六色的丝织品拉到下巴位置，然后沉沉地睡去。

吉姆睡着后，威利斯回来了。在他等待着它的时候，小家伙依偎着他的后背躺下来。吉姆带着睡意，伸手到身后，轻抚威利斯，接着便睡着了。

"嘿，吉姆——该醒来了。"

吉姆睡眼惺忪地睁开眼又合上。"走开。"

"赶快，快爬出被窝。你打鼾时，我已经醒了两个小时。我想知道一些事。"

"你想知道什么？对了，你感觉怎样？"

"我？"弗兰克说道，"我感觉挺好，怎么会不好呢？我们在哪儿？"

吉姆打量着他。弗兰克的面色好些了，他的声音听起来很正常，嘶哑消失了。"你昨天病倒了。"他告诉弗兰克，"我觉得你昏迷了。"

弗兰克皱起眉头。"也许我确实昏迷了。我做了一个非常可怕的梦，一个疯狂的梦，关于一棵沙漠卷心菜——"

"那不是梦。"

"什么？"

"我说那不是梦，沙漠卷心菜不是梦，其余的部分也都不是梦。你知道我们在哪儿吗？"

"我正问你呢。"

"我们在希尼亚，我们——"

"在希尼亚？"

吉姆尝试条理清楚地向弗兰克讲述过去两天的事。在讲到他们从运河上游突然来到希尼亚时，他有些卡壳，因为他自己也没有弄清楚这件事。"我琢磨着，这是某种与运河平行的地铁。你知道的，一种地铁，像你在书里读到过的那样。"

"火星人不做那种工程。"

"火星人建起了运河。"

"是的，但那是在很久很久以前。"

"也许他们在很久以前就建了地铁。你又知道什么？"

"一无所知。无所谓，我饿了，有剩下什么吃的吗？"

"当然。"吉姆站起身。他这么做的时候弄醒了威利斯。威利斯伸长眼柄，判断周围的情形，与他们打招呼。吉姆抱起威利斯，挠它的痒痒，说："你是什么时候进来的，小家伙？"接着他突然补充了句："嘿！"

"'嘿'什么？"弗兰克问道。

"看啊。"吉姆指向乱糟糟的丝织品。

弗兰克站起身，顺着吉姆的视线看过去。"看什么？哦——"

在威利斯睡觉的窝里，出现了十几个小小的白色圆球，看上去像许多个高尔夫球。"你觉得它们是什么？"吉姆问道。

弗兰克凑近后端详起来。"吉姆，"他缓缓说道，"我觉得你得面对现实。威利斯不是雄性，而是雌性。"

"啊？哦，不！"

"威利斯好伙计。"威利斯辩护道。

"你自己看。"弗兰克继续对吉姆说道，"这些是蛋。如果它们不是威利斯产下的，那么一定就是你产下的。"

吉姆一头雾水，扭头问威利斯："威利斯，这些是你产下的蛋吗？是不是你？"

"蛋？"威利斯说，"吉姆伙计在说什么？"

吉姆把威利斯放到窝旁边，指向那些白色圆球，问："是你产下的吗？"

威利斯看着白色圆球，接着做了个类似耸肩的动作，拒绝为整件事负责。它摇摇摆摆地走开了，那样子仿佛在说：假如吉姆选择为这些碰巧出现在床上的蛋或什么玩意儿大惊小怪，那是吉姆的事，威利斯与此毫无瓜葛。

"你不会从它口中问出任何东西，"弗兰克说道，"我想你该意识到，这让你成了某种意义上的祖父。"

"别开玩笑！"

"好吧，忘掉这些蛋。我们什么时候吃东西？我饿了。"

吉姆给了那些蛋一个不满的眼神，然后忙着准备食物。两人正在进食时，壁虎进来了。他们互相严肃地问好，正当火星人似乎即将继续在沉默中度过很长一段时间时，他瞥见了那些蛋。

两个少年都没见过火星人忙碌的样子，火星人此前也没显露过任何兴奋的情绪。壁虎发出长长的鼻息声，立刻离开房间，转眼间就带着众多同伴回来了。他们挤满了这个房间，立刻交谈起来，没有理会这两个少年。

"这儿发生了什么？"弗兰克问道，他被挤到墙边，透过许多条腿张望。

"我知道才怪。"

过了一会儿，火星人稍稍平静下来。一个大个头火星人格外小心地聚拢那些蛋，抓紧它们。另一个火星人抱起威利斯，全体人结队离开。

吉姆犹豫地站在门口，看着火星人消失不见。"我想找壁虎问一下这件事。"他苦恼地说道。

"哎，"弗兰克说，"我们先吃完早餐。"

"好吧。"

吃完早餐后，弗兰克提出了更大的疑问："行，这么说我们在希尼亚。我们依然得快点回家。问题在于我们要如何回家。按我的看法，假如这些火星人能这么快地把我们带回这儿，那么他们也能反过来，把我们送回他们找到我们的地方，然后我们能沿着东斯特里蒙运河回家。你觉得这个主意怎么样？"

"这听起来没问题。"吉姆答道，"但是——"

"那么第一件事是找到壁虎，尝试安排这件事，不要浪费时间。"

"第一件事，"吉姆反驳道，"应该是找到威利斯。"

"为什么？它引起的麻烦还不够多吗？留下它吧，它在这儿很快乐。"

"弗兰克，你对待威利斯的态度完全错了。不是它让我们从困境中脱身的吗？要不是威利斯，你会在沙漠中把肺都咳出来。"

"要不是威利斯，我们首先就不会陷入那个困境。"

"这么说不公平。事实是——"

"算了，算了。好吧，去找威利斯。"

吉姆留下弗兰克清理早餐产生的垃圾，出发去找威利斯。尽管他始终无法完整而又清楚地交代他办这件差事时遭遇了什么事，但有几个事实是清楚的。他开始寻找壁虎，向他在过道中遇到的第一个火星人询问壁虎的下落。他先是粗声粗气地发出一般询问，再加上壁虎的名字。

吉姆不是语言学家，大概也永远不会是，但他的尝试奏效了。他碰见的第一个火星人带他去找另一个火星人，就像一名地球公民会带领外国人去找警察一样。这个火星人带他找到了壁虎。

吉姆较为顺利地向壁虎解释，他想要威利斯回到他身边。壁虎聆听着，然后温和地解释说，吉姆的要求不可能实现。

吉姆再次提出要求，他确信是自己拙劣的语言能力让壁虎产生了误解。壁虎等他把话说完，再相当清楚地表示，他正确地理解吉姆想要什么，但吉姆不可能如愿——不可能要回威利斯。壁虎为不得不拒绝一起分享过纯净的生命之水的朋友感到悲伤，但这件事不可能办到。

在壁虎强大人格的直接影响下，吉姆明白了他的大部分话，猜测出了剩下的意思。壁虎的拒绝明白无误。虽然壁虎的善意和同情如川流般倾泻到他身上，但吉姆还是感到惊愕和愤怒，无法接受火星人的决定。他抬头注视火星人，看了好久。接着，他突然离开，没有选择特定的方向，一边走一边叫喊威利斯的名字："威利斯！哦，威利斯！来，威利斯伙计——到吉姆这边来！"

火星人迈开步子跟在他身后，每一步等于吉姆的三步。吉姆奔跑起来，不停叫喊着。他转过一个拐角，面对面地遭遇了三个火星人，然后从他们的长腿之间飞奔而过。壁虎与那三名火星人撞个正着，他们需要执行费时的火星人礼节来理顺局面。于是吉姆领先了一大截。

吉姆将脑袋探进他经过的每一道拱门，呼喊威利斯。其中一道拱门通向一个房间，房间里坐满了纹丝不动、处于恍惚状态的火星人，他们称之为"访问异世界"。通常，吉姆不会打扰恍惚状态下的火星人，但他现在无暇关心或注意这个问题。他朝着房间里面叫了一声，引起一阵从未听过、想象不到的扰动——最轻的反应是强烈的抖动，而其中一个可怜的火星人反应剧烈，突然提起所有腿，跌到地板上。

吉姆没有看到这一幕。他早已离开，朝着旁边的房间叫喊。壁虎追上他，用两大片掌叶托起他。"吉姆·马洛！"他说道，"吉姆·马洛，我的朋友——"

吉姆呜咽起来，用两只拳头捶打火星人硬邦邦的胸膛。壁虎忍受了一阵，接着用第三片掌叶包住吉姆的手臂，让他无法动弹。吉姆激动地抬头看着他。"威利斯，"他用母语说道，"我想要威利斯。你无权那么做！"

壁虎捧住他，柔声答道："我没有权力，这超出我的权力范围。我们必须去异世界。"他走开了。吉姆没有回答，在经历一阵剧烈的情绪波动之后，他觉得十分疲惫。壁虎走下一条又一条坡道，不断往下走，比吉姆以前到过的任何地方都更加深，或许比任何一个地球人到过的地方都更加深。他们在上面几层还会见到路过的火星人，但在那么深的地方，就见不到火星人了。

　　最后，壁虎在地下深处的一个小房间里停下。这个房间完全没有装饰，十分独特。朴素的珠灰色墙壁看上去简直不像火星人的风格。壁虎把吉姆放到地上，说："这是一扇通往异世界的大门。"

　　吉姆站起身。"啊？"他问，"什么意思？"他接着小心翼翼地用火星语重新表述了问题。其实他无须费这番力气，因为壁虎没有听见他的问题。

　　吉姆伸长脖子抬头看。壁虎纹丝不动地站着，所有的腿牢固地竖立着，眼睛睁开却毫无生气。壁虎已经进入异世界。

　　吉姆埋怨道："他上演这样的把戏可真会挑时候。"他心想自己该做些什么，是尝试独自寻找去上层的路，还是在原地等待壁虎。据说火星人能在恍惚状态下维持数周，但麦克雷医生对那些传闻嗤之以鼻。

　　吉姆决定至少等一会儿，于是在地上坐下，双手抱住膝头。他明显感觉到自己平静了下来，不再特别着急，仿佛在壁虎抱着他的时候，壁虎异常平静的情绪已经感染了他。

　　不知过了多久，房间变得更加昏暗。吉姆没有感到烦躁，他十分满足，再次感受到他在两次"共同成长"仪式中经历的那种毫无忧虑的快乐。

黑暗中的远处出现一点光亮，光亮越来越大，但没有照亮小小的珠灰色房间，而是建构起一幕户外场景。这就像用一台立体电影投影仪放映新好莱坞的最佳作品，呈现自然的彩色。吉姆知道，这不是来自地球的影片，因为尽管场景十分逼真，但没有精巧的商业化打磨，没有故事情节。

他仿佛在从地面上方大约30厘米高的视角看着一丛运河植物。视角在不规律地不断调整，仿佛摄像机被放在一辆非常低的轨道车上，从运河植物的茎干之间穿过。视角迅速移动一两米后会停住，然后改变方向，再次移动，但始终与地面保持着不太远的距离。有时，它会绕上一圈，拍摄360度的全景。

在一次全景旋转中，他看见了一只寻水怪。要是他没有认出寻水怪，也不奇怪，因为画面中的寻水怪被放大得硕大无朋，它冲上前时甚至填满了整块屏幕。但是，他不可能认不出那些弯如半月的爪子、恐怖的咧开的吮吸口、重重蹬地的腿——尤其是被它激起的仿佛胃被攥紧般的反感。吉姆简直能闻到它的气味。

吉姆观察寻水怪的视角没有变化。他僵住了，在寻水怪那致命的冲刺下，可怕的恐惧直接涌向他。在最后一刻，当寻水怪填满屏幕时，意外发生了——寻水怪的脸，或者说脸应该在的地方消失了，它瘫倒下来，炸成碎片。

片刻间，画面被完全抹除，取而代之的是旋转中的彩色混乱画面。接着一个甜美的声音轻轻说道："啊，你真是个可爱的小家伙！"画面再次成形，仿佛有一块帷幕升起。吉姆注视着另一张脸，它几乎和寻水怪的脸一样丑陋。

尽管这张占据整块屏幕的脸扭曲得有些古怪，但吉姆还是不难认出那是移民者的呼吸面罩。他在不知不觉间观看了这段影像，让他回过神来的是，他认出了面罩。面罩上有虎纹装饰，是斯迈思收到了0.25个信用点后用颜料覆盖了的虎纹。这是他自己的面罩，是面罩过去的样子。

他听见自己的声音说道："你还太小，不能独自出来走动。再出现一只寻水怪的话，它可能真的会杀掉你。我会带你回家。"

场景到了一个更高的高度，视角随着少年的脚步，在运河植物间上下摆动。很快，视角进入开阔地带，远处出现南方移民地的星形布局和圆顶泡泡屋。

吉姆适应了看到自己的模样，听见自己的声音，并接受了从威利斯的视角看事物。这份记录完全未经编辑，它沿着直线向前推进，是从吉姆首次将威利斯置于他的保护之下时开始，威利斯对于一切所见所闻的完整记忆。威利斯的视觉记忆并不完全准确，似乎受到它对于所见之物的理解和熟悉程度的影响。吉姆（影像中的吉姆）一开始看起来有三条腿，过了一段时间，想象出的腿才消失。其他"演员"（吉姆的母亲、老医生麦克雷、弗兰克）从无定形的物体渐渐成形，得到完整描绘，但还是有一点儿扭曲。

另一方面，影像中的每一个声音都清清楚楚、准确无误。吉姆边听边看时发现，他在品味每一类声音，尤其是带来新鲜感的悦耳人声。

他喜欢从威利斯的视角看自己。他带着喜爱和暖意，看见自己放下架子，受到热情的对待；他受到喜爱，但并不是出于敬畏。在威利斯眼中，吉姆是一名笨拙的仆人，乐于助人，但十分不可靠，就像一条受训不足的狗。至于其他人类，他们是些奇怪的生物，整体而言没有危害，但会构成不可预测的交通险阻。蹦蹦兽视角中的人类把吉姆狠狠逗乐了。

一天又一天，一周又一周，记录依次展开，甚至有一段段既黑暗又安静的时期，那是威利斯选择睡觉或是被关起来的时间。它的记忆来到小瑟提斯阶段，进入一段吉姆不知道的糟糕时期。豪校长以一个讨人厌的声音和一双腿的形式出现，比彻是个没有脸孔的路人甲。记忆的画面继续逐步呈现出来，吉姆不知怎么的，既不累也不厌烦。他只是随波逐流，和威利斯一样无法逃离这些记忆——他也没有想过逃离。最终，影像结束于火星人的希尼亚城，以一段既黑暗又安静的时期告终。

吉姆伸展痉挛的双腿，灯光重新亮起。他环顾四周，看壁虎依然深陷于恍惚状态。他回头看，发现在看上去是一面光秃秃的墙壁的地方开了一扇门。他的目光穿过门，望向门后的房间。那个房间的装饰风格仔细地模仿户外场景，是火星人房间中最常见的——苍翠繁茂的乡野，更像希尼亚南边的海底，而不像沙漠。

房间里有一个火星人。后来吉姆始终想不起那个火星人全身的模样，因为他的脸，尤其是他的眼睛，会夺走吉姆所有的注意力。地球人没有估计火星人年龄的好方法，然而吉姆产生了一个绝不会错的印象：这个火星人非常老，比他父亲老得多，甚至比麦克雷医生还老。

"吉姆·马洛。"火星人清晰地说道，"欢迎，吉姆·马洛，我族人的朋友，我的朋友。我给予你水。"这段话他是用基本英语①说的，口音隐约有点熟悉。

吉姆以前从未听过火星人说地球语言，但他知道一些火星人确实会说基本英语。能用自己的语言来回答，让吉姆松了一口气："我与你饮水，愿你自此享受充足的纯净之水。"

"谢谢你，吉姆·马洛。"他们没有使用实际的水，也不需要。接着是一阵气氛融洽的沉默，吉姆思索起火星人的口音。那口音听起来熟悉得有些古怪，他脑海里想到父亲的嗓音，又觉得那与麦克雷医生的嗓音相似。

"你有烦恼，吉姆·马洛，你的不快乐我们感同身受。我可以怎样帮助你？"

"我什么都不想要，"吉姆答道，"只想回家和带走威利斯。他们带走了威利斯，他们不应该那么做。"

接下来的沉默比之前的更久。最后，火星人答道："当人站在地上时，他看不见地平线之外的景象，然而在火卫一上能看见所有景象。"他在说出"火卫一"之前犹豫了片刻。

---

①基本英语：一种人造语言，基于英语的简化版本，由查尔斯·凯·奥格登创造。

他似乎有了新的想法，补充道："吉姆·马洛，我近来才学会你们的语言。假如我说得不顺畅，请原谅。"

"哦，你说得好极了！"吉姆相当真挚地说道。

"我知道单词，却不清楚画面。吉姆·马洛，告诉我，伦敦动物园是什么？"

吉姆不得不让他重复一遍，才搞清楚火星人确实在询问伦敦动物园是什么。吉姆尝试解释，但在他详述完概念之前就停止了。火星人流露出冰冷、难以平息的怒气，吉姆被吓坏了。

片刻后，火星人的情绪突然一变，吉姆再次沐浴在温暖友好的光芒中，那是从火星人身上倾泻的，犹如太阳洒下的光芒，在吉姆的感受中也像阳光一样真实。"吉姆·马洛，你已经两次拯救了被你称作'威利斯'的小家伙——"他先使用了一个吉姆不知道的火星词汇，再把它转换成"寻水怪"，"你有没有杀死过许多寻水怪？"

"我想有一些吧。"吉姆答道，又补充说，"我只要看见它们就会杀掉它们。它们已经变聪明，不怎么在移民地附近游荡了。"

火星人似乎在思考这件事，然而过了很长一段时间后，他再次改变了话题："吉姆·马洛，你已经拯救过这个小家伙两次或三次，小家伙也拯救过你一次或两次。每一次经历都让你们的关系变得更加亲密。日复一日，你们一起成长，直到你们觉得缺了对方都会变得不再完整。不要离开这儿，吉姆·马洛，留下来。欢迎你来到我家，作为孩子，也作为朋友。"

吉姆摇摇头。"我必须回家,事实上,我必须马上回家。留下来是十分友好的提议,我想要谢谢你,但——"他尽可能清楚地解释移民地受到的威胁,以及他需要尽快传口信回去这件事。"假如你愿意,先生,我俩——我的朋友和我,想要回到克彭克找到我俩的地方。只是在我们离开前,我想要回威利斯。"

"你们希望回到你们被发现时所处的那座城市?你们不想回家吗?"

吉姆解释说,弗兰克和他会从那座城市出发回家。"那么,先生,你为什么不问一下威利斯它是想留下来,还是和我一起回家呢?"

老火星人叹息了一声,完全就像吉姆的父亲在一次毫无成果的家庭讨论后发出的叹息。"世上有生命法则,有死亡法则,二者都是变化的法则。即便最坚硬的岩石,也会被风磨蚀。我的孩子,我的朋友,就算现在这个被你称作'威利斯'的小家伙和你一起回去,未来也会出现它必须离开你的时刻,这一点你明白吗?"

"我想我明白。你的意思是,威利斯可以和我一起回家?"

"我们会和威利斯谈一谈。"

老火星人与壁虎说话,壁虎在睡眠中动弹起来,开始嘟囔。接着,他们三人沿着坡道往上走,壁虎托着吉姆,而老火星人跟在后面。

他们在半道中顺便去了一个房间。他们到达时,房间里黑漆漆的，但一行人刚进去，房间就变得亮堂起来。吉姆看见从地面到房顶排列着许多小壁龛，每个壁龛里都有一只蹦蹦兽，蹦蹦兽彼此间都很相似。

当灯光亮起时，小家伙们升起眼柄，饶有兴趣地张望四周。从房间的某个角落传出一声呼喊："嗨，吉姆伙计！"

吉姆望着四周，但无法辨认出那只刚说话的蹦蹦兽。在他想到办法之前，这句话已经在房间内回响起来："嗨，吉姆伙计！嗨，吉姆伙计！嗨，吉姆伙计！"每一声呼喊都是威利斯模仿的吉姆本人的嗓音。

吉姆转过身，困惑地面朝壁虎。"哪个是威利斯？"他追问道，忘记用火星语说话。

和声再次响起："哪个是威利斯？哪个是威利斯？哪个——哪个——哪个是威利斯？"

吉姆踏出几步，来到房间中央。"威利斯！"他命令道，"到吉姆这儿来。"

在他的右边，一只蹦蹦兽从中间的壁龛里蹦出来，落到地上，摇摇摆摆地走向他。"抱起威利斯。"它说道。吉姆怀着感激之情照做了。

"吉姆伙计去了哪里？"威利斯想知道。

吉姆挠了挠蹦蹦兽，回答："如果我告诉你，你也不会明白的。威利斯，吉姆要回家了。威利斯想跟吉姆一起回家吗？"

"吉姆要走？"威利斯怀疑地问道，仿佛不断回响的和声使它难以理解这番话。

"吉姆马上要回家。威利斯要一起走，还是待在这儿？"

"吉姆走，威利斯也走。"蹦蹦兽说道，好像这是自然法则一般。

"好的，你去告诉壁虎。"

"为什么？"威利斯怀疑地问道。

"去告诉壁虎，不然你会被留下来。去告诉他。"

"好吧。"威利斯对壁虎叽叽呱呱地说起来。老火星人和壁虎都没有做出任何回应，接着壁虎托起吉姆和威利斯，一行人继续向上走向地表。

壁虎在分配给弗兰克和吉姆的房间外放下他们。吉姆带着威利斯走进房间。他们进去时，弗兰克抬起头。弗兰克正四仰八叉地躺在丝织品上，旁边的地板上放着尚未被动过的餐食。"你找到它了。"弗兰克评论道，"肯定花了你不少时间。"

吉姆突然自责起来。天知道他离开了多久。几天？几周？那影像涵盖了数个月的内容。"哎呀，弗兰克，对不起。"他致歉道，"你是不是担心我了？"

"担心？担心什么？我就是不知道该不该等你来吃午餐。你离开了至少3小时。"

3小时？吉姆正要反驳说他离开的时间绝对超过3周，但在重新考虑后作罢了。他想起自己离开时没有吃过东西，但现在并不感觉比平常饥饿。

"是的，当然，对不起。至于午餐，你介不介意多等一会儿？"

“为什么？我快饿死了。”

“因为我们要离开。壁虎和另一个火星人在等着带我们回到那座克彭克发现我们的城镇。”

“好的！”弗兰克用食物把嘴巴塞得满满的，接着开始穿户外服。

吉姆也一边吃东西，一边穿户外服。“我们可以在地铁里吃完午餐。”他满口食物，含糊地说道，“别忘记给你的面罩储水囊添水。”

“别担心，我不会再犯那种低级错误了。”弗兰克给他和吉姆的面罩储水囊分别添了水，自己又喝了一大口水，接着把剩下的水递给吉姆。片刻后，他们把冰鞋甩到肩上，准备离开。一行人经过坡道和过道，来到地铁站大厅，在一道拱门前停下。

老火星人走了进去，但让吉姆有点惊讶的是，壁虎就在这里与他们道别了。他们以适用于“饮水之友”的礼节道别，然后弗兰克、吉姆和威利斯进入拱门内，门在他们身后合上。

地铁立刻启动。弗兰克说了句“哇！这是什么？”后，突然坐下。老火星人稳稳地待在休息架上，一声不吭。吉姆笑着说：“你不记得上次的乘坐经历了吗？”

“记得不是很清楚，我只感觉到身体沉重。”

“我也一样，坐地铁时就会这样。现在吃点东西怎么样？我们也许要过好久才能再次吃到像样的一餐。”

“你说得对。”弗兰克拿出剩下的午餐。当他们吃完后，弗兰克想了想，又打开一个罐头。他们还没有机会吃罐头内的食物——冷冰冰的焗豆子和人造猪肉。弗兰克的胃里突然翻江倒海。"嘿！"他喊道，"发生了什么？"

"没什么。就像上一趟那样。"

"我以为我们撞上了什么东西。"

"没有，没事的。给我一些豆子。"他们吃完焗豆子，继续等待。过了一会儿，沉重的感觉消失了，吉姆知道他们已经抵达。

车厢门打开，他们走进一个圆形大厅，和他们离开的大厅一模一样。弗兰克失望地环顾四周。"吉姆，我们没有到达任何地方。肯定是出错了。"

"不，没有错。"吉姆转过身，打算与老火星人说话，但身后的拱门早已关闭。"哦，太糟了。"他说。

"什么太糟了？火星人带我们兜一圈回到了老地方？"

"他们没有那么做，只是这个房间看上去和希尼亚的那个房间一样。等我们爬上地表后，你就知道了。我说'太糟了'，是因为我让——"吉姆犹豫了一下，意识到他从始至终都不知道老火星人的名字，"因为我让老火星人——不是壁虎，是另一个火星人——就这样离开，没有说再见。"

"谁？"

"你知道的，另一个，和我们一起坐地铁的另一个火星人。"

"你是什么意思，另一个？除了壁虎，我没见到任何人。而且没人和我们一起坐地铁，那里面只有我俩。"

"啊？你一定是瞎了。"

"你一定是疯了。"

"弗兰克·萨顿，你要站在这里告诉我，你没有看见那个和我们一起坐地铁的火星人？"

"你刚才就听到我说了。"

吉姆深吸一口气，说："我要说的是，如果你没有从头到尾把脸埋在食物中，没有偶尔地看看你的周围，你会看到更多。怎么——"

"算了，算了，"弗兰克打断道，"在你让我发火之前，赶紧结束这个话题吧！要是你喜欢那样胡说八道，那么车里有6个火星人。我们上去，到外面去瞧瞧真相。我们现在是在浪费时间。"

"好吧。"他们开始走上坡道。吉姆沉默不语，这件事让他比弗兰克更加心烦。

爬上一段距离后，他们被迫调整面罩。约莫10分钟后，他们到达一个被阳光照射的房间。他们匆匆穿过房间，到了室外。

片刻后，轮到弗兰克感到迷惑不解了。"吉姆，我知道我有点头晕，我们出发时所在的那座城镇不是，呃——不是只有一座高塔吗？"

"是的。"

"这儿不止一座。"

"是的，不止。"

"我们迷路了。"

"没错。"

第九章
召集会议

　　他们在一个封闭的大庭院里，这是许多火星建筑物的特征。他们能辨认出城市高塔或部分高塔的塔尖，不过他们的视野受到很大限制。

　　"我们应该做什么？"弗兰克问道。

　　"找到一个火星人，询问他这里是哪里。我真希望我没有让老火星人离开我们。"吉姆补充道，"他会说基本英语。"

　　"你还要唠叨那件事？"弗兰克说，"不管怎样，我认为我们找不到火星人，这个地方像是完全荒废了。你知道我在想什么吗？我想火星人就是扔掉了我们。"

　　"我想火星人就是扔掉了我们。"威利斯赞同道。

　　"闭嘴。他们不会做那种事。"吉姆继续用担忧的语气对弗兰克说道。他四处走动，凝望建筑物的楼顶："我说，弗兰克——"

　　"什么？"

　　"你看见那三座外形相似的塔吧？你能看到塔尖。"

　　"它们怎么了？"

"我以前见过它们。"

"啊，我也见过！"

他们开始奔跑。5分钟后，他们站到城墙上，不再有任何怀疑——他们在哈喇克斯的荒废城区。在他们下方，大约5千米之外，就是南方移民地的泡泡屋。

他们在寒风中连走带跑了40分钟后，到达了家园。

他们就此分开，直接走向各自的家。"稍后见！"吉姆向弗兰克喊道，快步走向父亲的房子。气闸仿佛过了许久才让他通过。内侧门里外的气压尚未平衡，他就听见了妈妈和妹妹的声音。她们通过扬声器询问"是谁在门外"。吉姆决定不回答，打算让她们大吃一惊。

接着，他就进到了家里，见到了满脸惊愕的菲莉丝。菲莉丝扑上前搂住他的脖子，同时喊道："妈妈！妈妈！是吉姆！是吉姆！"威利斯在地上蹦蹦跳跳，跟着喊："是吉姆！是吉姆！"妈妈把菲莉丝推到一旁，抱住了他，妈妈的眼泪将他的脸庞打湿，吉姆差点儿没站稳。

不一会儿，他推开她们。妈妈稍稍退后，说道："让我看看你，亲爱的。哦，可怜的宝贝！你还好吗？"她又要哭了。

"当然，我很好。"吉姆说道，"爸爸在家吗？"

马洛太太突然一脸忧虑。"不，吉姆，你爸爸在上班。"

"我得立刻见他。妈妈，你为什么看起来怪怪的？"

"哦，是因为——没什么。我立刻给你爸爸打电话。"马洛太太走向电话机，打给生态实验室。吉姆能听出妈妈谨

慎的口吻："马洛先生吗？亲爱的，我是简。你能立刻回家吗？"爸爸的回答则是："不太方便。什么事？你听起来怪怪的。"

妈妈回过头来看着吉姆，继续对着电话机说："你一个人吗？别人能听到我说话吗？"爸爸答道："什么事？告诉我。"妈妈几乎耳语一般地答道："他回来了。"

短暂的沉默后，爸爸答道："我立刻回来。"

与此同时，菲莉丝在盘问吉姆："吉姆，你到底在做什么？"

吉姆正要回答，又改了主意。"小屁孩，就算我告诉你，你也不会相信的。"

"这一点我信。但是，你在做什么？你让大家都很担心。"

"不用担心。对了，今天是周几？"

"周六。"

"几号？"

"当然是刻瑞斯月14日。"

吉姆震惊极了。4天？从他离开小瑟提斯算起，仅仅过去了4天？等他在脑海里回顾一番后，他接受了事实。如果弗兰克说的是对的，他在希尼亚地下深处待的时间仅有3小时左右，那么剩下的事就说得通了。"哎呀！那么我想我及时赶到了。"

"'及时赶到'是什么意思？"

"啊？哦，你不会明白的。等过几年吧。"

"自作聪明！"

马洛太太打完电话走过来，说："你爸爸马上就会回家，吉姆。"

"我听见了。很好。"

她看着儿子，问："你肚子饿吗？有没有什么想吃的东西？"

"当然有，肥牛肉和香槟酒。我其实不饿，但我能再吃点东西。来点热可可怎么样？我已经有好几天靠罐头里的冰冷食物维生了。"

"热可可马上就到。"

"最好趁现在多吃点。"菲莉丝插话进来，"也许到时候你就吃不到了——"

"菲莉丝！"

"但是，妈妈，我只是要说——"

"菲莉丝，要么保持安静，要么离开房间。"

吉姆的妹妹在小声抱怨中安静下来。很快，热可可就冲好了，吉姆正喝着，父亲进屋了。父亲严肃地与吉姆握手，仿佛他是个成年人："儿子，见到你回家真好。"

"爸爸，回到家感觉真好。"吉姆大口喝下剩下的热可可，"但是，爸爸，我有许多事要告诉你，没有时间可浪费。威利斯在哪里？"他环顾四周。"有人看见威利斯去了哪儿吗？"

"别管威利斯了，我想知道——"

"但威利斯在这件事中至关重要，爸爸。哦，威利斯！到这儿来！"威利斯摇摇摆摆地走出过道，吉姆将它抱起来。

"好吧，你找到了威利斯，"马洛先生说，"现在专心一点儿。儿子，你陷入的麻烦事是什么？"

吉姆皱起眉头。"我不知道该从哪儿说起。"

"有一张要抓你和弗兰克的逮捕令！"菲莉丝脱口而出。

马洛先生说道："简，你能让女儿安静下来吗？"

"菲莉丝，我刚才说了什么，你都听见了吧。"

"妈妈，人人都知道这件事。"

"可能吉姆不知道。"

吉姆说："我知道。回家的一路上都有警察在追我们。"

"弗兰克和你一起吗？"父亲问道。

"当然！但我们甩掉了追踪者。"

马洛先生皱着眉。"听我说，吉姆——我会致电常驻总代理人，告诉他你在这儿。但我不会让你自首，除非有更加明确的证据摆在我眼前，比我到目前为止见到的证据都更有力。当然，在我们听过你的说法之前，我也不会那么做。等你自首时，爸爸会和你一起去，守在你身边。"

吉姆坐得直直的。"自首？你在说些什么，爸爸？"

父亲突然变得十分苍老和疲惫。"马洛家的人不会逃避问题，儿子。你该知道，无论你做过什么，我都会陪在你身旁支持你。但你要勇敢地面对这件事。"

吉姆不满地看着父亲。"爸爸，假如你认为我和弗兰克在火星上辛辛苦苦地走了3000多千米，只为了在我们到达这儿时举手投降，那么，你得再好好想一想。而且，任何试图逮捕我的人都会发现，这没那么容易。"菲莉丝听得睁大眼睛，妈妈在静静地掉眼泪。

爸爸说道："儿子，你不能持那样的态度。"

吉姆说："我不能吗？我偏偏要那样。在你说让我自首之前，你为什么不先查明真相呢？"他的声音有点尖锐。

爸爸咬着嘴唇。妈妈说道："拜托了，詹姆斯，你为什么不等一等，听听儿子有什么要说的呢？"

"我当然想听一下他有什么话要说。"马洛先生急躁地答道，"我不是说了吗？但我不能让自己的儿子藐视法律。"

"拜托，詹姆斯！"

"说吧，儿子。"

吉姆环顾四周。"我现在不那么想说了。"他苦涩地说，"这次回家真有意思——你们都表现得好像我是个罪犯一样。"

"对不起，吉姆。"父亲缓缓说道，"先解决问题。跟我们讲讲发生了什么。"

"那……好吧。但是稍等一下，菲莉丝说有针对我的逮捕令，是以什么罪名？"

"逃学，但那不重要。就是'破坏学校秩序和纪律的行为'，我自己也不知道他们的说法是什么意思。那并不让我担心，真正重要的指控是入室盗窃和偷窃，以及另一个他们在一天后附加的罪名，逃脱逮捕罪。"

"逃脱逮捕罪？真愚蠢！他们从始至终都没逮到我们。"

"那又如何？其他罪名呢？"

"偷窃罪也很愚蠢。我没有从他那儿偷窃任何东西——我是指豪校长。是他从我这儿偷走了威利斯，当我尝试要回威利斯时，他嘲讽了我！我怎么会'偷窃'他的东西？假如他出现在我眼前，我要让他尝尝我的厉害！"

"吉姆！"

"我一定会的！"

"继续说。"

"入室盗窃罪倒是有点关系。我闯进了他的办公室，或者说尝试闯入，但他没有任何证据。我想看豪校长示范我怎样从一个25厘米宽的洞口爬进去。我们没有留下任何指纹。"吉姆补充道，"不管怎样，我有权那么做。他把威利斯锁在了办公室里。爸爸，我们就不能让法庭以偷窃威利斯的罪名对豪发出逮捕令吗？他为什么能为所欲为？"

"现在稍等一下，我都听糊涂了。假如你有一个对抗校长的理由，那么我一定会在这件事上支持你。但我想先将事情捋顺。什么洞口？你难道在校长的房门上切出了一个洞？"

"不，是威利斯干的。"

"威利斯！它怎么能切割东西？"

"我之前也不知道。它就是从身体里生出一条带爪子的胳膊，切割出一个洞。我喊了它的名字，它就出来了。"

马洛先生抚摩起额头。"我越听越糊涂了。你们是怎么到这儿来的？"

"坐地铁。你知道——"

"坐地铁？"

吉姆一副受挫的模样。马洛太太插话进来："亲爱的詹姆斯，假如我们让他从头到尾把经历讲完，不打断他，他大概能讲得更清楚。"

"我想你是对的。"马洛先生赞同道，"我会把问题留到最后。菲莉丝，给我便笺本和铅笔。"

于是，吉姆的讲述不再被打断，他重新连贯而又完整地讲述了自己的经历，从豪发布的那份像在军校里一般进行检查的公告，一直讲到他们坐火星人的地铁从希尼亚来到哈喇克斯。当吉姆说完后，马洛先生惊得下巴都快掉了。"吉姆，若不是你从小到大一直都很诚实，我会以为你在随口杜撰。事实上，我不得不相信你，但这是我听过的最不着边际的说辞。"

"你仍然认为我应该自首？"

"不，不——整件事有了不一样的面貌。你把事情留给老爸来处理，我会致电常驻总代理人，再——"

"稍等一下，爸爸。"

"怎么了？"

"我没有告诉你全部实情。"

"什么？儿子，你必须毫无保留地告诉我，假如我要——"

"我不想让我的事与另一件事搅和在一起。我会告诉你的，但我想先了解情况。移民地现在难道不应该动身迁徙了吗？"

"本来应该动身了，"父亲赞同道，"按照原先的日程，昨天就应该开始迁徙了，但现在延期了两周。"

"那不是延期，爸爸，那是个阴谋。火星公司今年将不再允许移民迁徙，他们打算让我们待在这里过完整个冬天。"

"什么？天啊，真荒谬，儿子。冬天的极区不是地球人能生存的地方。但你弄错了，这只是一次延期。火星公司正在翻新北方移民地的能源系统，在我们抵达那儿之前完成翻新。"

"我告诉你，爸爸，那就是在拖延。他们的计划是让移民地居民待在这儿，直到为时太晚，再迫使你们待在这儿过完冬天。我能证明。"

"怎么证明？"

"威利斯在哪儿？"蹦蹦兽又走开了，去检查它的领地。

"别管威利斯了。你做出了一项令人难以置信的指控，是什么让你想出这样的事的？"

"但我得用威利斯来证明。嘿，伙计！到吉姆这边来。"吉姆快速地概述了他通过威利斯留声机一般的能力获知的内容，接着他就让威利斯重现那段对话。

威利斯很高兴能表演绝技。它重复了两个少年在过去几天的几乎所有对话，重复了大量脱离上下文就理解不了的火星语。然而，它回想不起或者是不愿回忆比彻的话。

当吉姆依然在劝诱威利斯时，电话铃响了。马洛先生说道："菲莉丝，去接电话。"

菲莉丝在片刻后快步回来，说："是找你的，爸爸。"

吉姆立刻让威利斯闭嘴，这样他们就能听见电话两头的内容了。

"马洛？我是常驻总代理人。我听说你家孩子回来了。"

吉姆的父亲回头看了一眼，犹豫地说："是的，他在这儿。"

"那好，把他留在那儿。我派一个人过来带走他。"

马洛先生再次犹豫了。"没那个必要，克鲁格先生。我还没有和儿子谈完，他不会离开的。"

"得了，马洛，你不能妨碍公务。我要立刻执行逮捕令。"

"是吗？你休想。"马洛先生准备补上一句，但在思考后改了念头，挂断电话。电话几乎立刻再次响起。"假如对方是常驻总代理人，"他说，"我不会与他通话，不然我会说出一些让我懊悔的话。"

但电话不是常驻总代理人打来的，而是弗兰克的父亲。"我是帕特·萨顿。"对话表明，这两位父亲已经和各自的儿子谈到同样的地方。

"我们正要试图从吉姆的蹦蹦兽口中问出一些线索。"马洛先生补充道，"它看来偷听到一段十分要命的对话。"

"是的，我知道，"萨顿先生赞同道，"我也想听一下。等我们过来。"

"好的。哦，对了，克鲁格要马上逮捕两个孩子，提防着点儿。"

"我知道得一清二楚，他刚刚打电话给我了。我对他说了一些难听的话，待会儿见！"

马洛先生挂断电话，回到正门，将门锁上。他还锁上了地道门。他的行动很及时，因为不久后，显示有人进入气闸的信号灯就亮了。"是谁？"吉姆的父亲喊道。

“来办公司事务的！”

“哪种公司事务？你是谁？”

“我是常驻总代理人手下的督察官，我是来带走吉姆·马洛的。”

“你还是离开为好，你不会抓到他的。”门外的人低声交流，接着气闸锵锵作响。

“打开这扇门。”另一个声音说道，“我们有逮捕令。”

“滚开！我要关闭扬声器了。”马洛先生这么做了。

不久后，气闸指示灯显示来客已经离去，但不一会儿再次显示有人来了。马洛先生重新打开扬声器。“假如是你们来了，最好还是离开。”他说道。

“这是哪门子待客之道？”萨顿先生的声音响起。

“哦，帕特！你一个人吗？”

“还有我儿子弗朗西斯，没有其他人。”

他们被请进了门。“你有没有看见督察官？”马洛先生询问道。

“是的，我撞见了他们。”

“老爸告诉他们，假如他们敢碰我一根手指头，他就会烧掉他们的腿。”弗兰克自豪地说道，“他说到做到。”

吉姆捕捉到父亲的目光，马洛先生扭过头去。萨顿先生继续说：“为什么说吉姆的宠物掌握着证据？我们让它开口，听它怎么说。”

“我们一直在尝试，”吉姆说，“我会再试试。来，威利斯——”吉姆将威利斯放到膝头。“威利斯，你记得豪校长吗？”

威利斯立刻变成一只毫无特征的圆球。

"不是这样的，"弗兰克反对道，"你要记得之前是什么让它开始复述的。嘿，威利斯。"

威利斯伸长眼柄。

"听我说，伙计——'下午好。''下午好，马奎斯。'"弗兰克继续模仿总代理人深沉、做作的口吻，"'坐下，孩子。'"

"见到你很高兴。"威利斯跟着说道，精确地模仿起了比彻的声音。它从那儿接着往下说，完美地复述出它偷听到的校长和常驻总代理人之间的两次对话，以及两次对话之间毫无意义的间隔。

当威利斯复述完毕，看起来将继续复述之后直至此时此刻的所有内容时，吉姆让它住口了。

"好吧，"吉姆的父亲说，"你对此有什么想法，帕特？"

"我认为这糟透了。"吉姆的母亲插话进来。

萨顿先生紧绷着脸。"明天我会亲自赶去小瑟提斯，我会用双手把那地方捣得稀巴烂。"

"态度令人钦佩。"马洛先生赞同道，"但这事关整个移民地。我想，我们的第一步应该是召集居民大会，让每个人都知道我们面临的问题。"

"毫无疑问，你是对的，但这会很扫兴。"

马洛先生笑了笑说："我想，在这件事了结之前，你会看到不少乐子。克鲁格不会喜欢的，盖恩斯·比彻阁下也一样。"

萨顿先生想让麦克雷医生检查一下弗兰克的喉咙，而吉姆的父亲不顾吉姆的反对，决定让医生顺便检查一下吉姆。两个男人护送他们的儿子到了医生家。马洛先生在那儿命令两人："孩子们，待在这儿，直到我们回来为止。我不想让克鲁格的手下带走你们。"

"我会让他们试一试！"

"我也一样。"

"我不想他们有试一试的机会，我想先解决这件事。我们会去一趟常驻总代理人的办公室，提议付钱赔偿你俩偷窃的食物。而且，吉姆，我会提议赔偿威利斯对豪校长的宝贵房门造成的破坏。接着——"

"但是，爸爸，我们不应该为门付钱。豪本不应该把威利斯锁在办公室里。"

"我同意孩子们的看法，"萨顿先生说，"食物是另一回事。孩子们拿走了食物，我们该为此付钱。"

"你俩都对，"马洛先生赞同道，"但要想摆脱这些荒谬的指控，就得这么做。然后我会控告豪，让法庭发出一份针对豪试图窃取或奴役威利斯的拘捕令。帕特，你说该用什么罪名？窃取还是奴役？"

"还是称之为'窃取'吧，那样不会节外生枝。"

"好吧。接着我会坚决要求他在采取任何行动之前先咨询行星办公室。我想，那样能暂时拖延他的阴谋。"

"爸爸，"吉姆插话道，"你不会告诉常驻总代理人，我们已经发觉了他那关于迁徙的阴谋吧？他转身就会打电话给比彻。"

"现在不会告诉他，然而他在居民会议上一定会知道。不过那时他没法打电话给比彻，火卫二再过两小时就落下了。"马洛先生看了一眼手表，"待会儿见，孩子们。我们有事情要办。"

麦克雷医生在他们进屋时抬起头。"玛吉，闩上门！"他喊道，"我们有两个危险的罪犯。"

"你好啊，医生。"

"快进来休息一下，告诉我来龙去脉。"

整整一小时后，麦克雷才再次说道："好吧，弗兰克。我想我最好仔细检查一下你，接着我会再看一下你的身体情况，吉姆。"

"我没有任何毛病，医生。"

"你想要被打脑袋吗？在我检查弗兰克时，你喝点儿咖啡。"房间里装满了最新型的诊断设备，但麦克雷没有动用它们。他让弗兰克的脑袋往后仰，让他大声说"啊——"，又敲击他的胸膛，倾听心跳声。

"你会活下来的，"医生判断道，"任何一个能从瑟提斯搭便车到哈喇克斯的小孩都会长命百岁。"

"'搭便车'？"弗兰克问道。

"意思就是坐别人的车。这是一个老早之前的措辞，那时候女人还穿裙子。轮到你了，吉姆。"医生花了更少的时间完成了对吉姆的检查。接着，三个朋友坐下来闲谈。

"我想了解你们在沙漠卷心菜中度过的那一晚的更多情

况。"医生说道，"对于威利斯我能理解，因为任何火星生物都能夹起尾巴，在没有空气的情况下无限期地活下去。但按理说，你们两个应该会窒息而死。植物完全闭合了吗？"

"是的。"吉姆向医生保证，又更加详细地讲述了那件事。当他说到手电筒时，麦克雷打断了他。

"就是这个，就是这个。你之前没有提到，是手电筒拯救了你们的性命，孩子。"

"啊？怎么回事？"

"是光合作用。你将光照在绿叶上，它不自觉地摄入二氧化碳，释放出氧气，而那些氧气大于你们呼吸消耗的量。"医生盯着天花板，一边计算，一边嘴唇翕动，"但肯定还是相当窒闷，因为绿叶的表面积很小。是哪一种手电筒？"

"'午夜太阳'手电筒。沙漠卷心菜里面确实非常窒闷。"

"'午夜太阳'的亮度足够。将来，假如我要到离家门超过6米远的地方，我会带上一支'午夜太阳'手电筒。这是一个妙计。"

"有一点依然让我困惑，"吉姆说，"我观看了一部包含我结识威利斯之后所有记忆的影片，没有遗漏任何细节，结果发现只用了三四个小时。"

医生缓缓说道："更让人困惑的是为什么让你看这部影片。"

"啊？"

"我也想过，"弗兰克插话道，"毕竟，威利斯是一个无足轻重的生物——不要往心里去，吉姆！给吉姆播放威利斯的生平记忆有什么用意？医生，你有什么想法？"

"我的假设十分不着边际，就不说出来了。但对于时间，吉姆，你能想到任何一个拍下一个人的记忆的方法吗？"

"想不到。"

"我会更直截了当地表明这不可能实现。然而，你说自己'看见'了威利斯的'记忆'。那有没有使你想到什么？"

"没有。"吉姆承认道，"它把我难住了。但我确实看见了。"

"当然，你看见了——因为'看见'发生在大脑中，而不是眼睛中。我能闭上眼，'看见'大金字塔在沙漠高温下闪烁；我能看见毛驴，听见脚夫朝着游客吆喝。不光看见他们，我还能闻到他们，但这仅仅是我的记忆。"

吉姆若有所思，但弗兰克看起来不肯轻信。"医生，你在说些什么？你从未看见过大金字塔，大金字塔在第三次世界大战中就被炸掉了。"

麦克雷医生一副气恼的模样："你就不能允许别人使用修辞手法？你管好自己的事情吧。现在说回我刚才说的事情上。吉姆，当只有一种假设能解释所有事实时，你就得接受它。你看见了老火星人想要你看见的东西，至于他让你看见的方法，姑且称之为催眠吧。"

"但——但——"吉姆很气愤，这感觉就像是他的自我受到了攻击，"但我确实亲眼看见了。"

"我支持医生的看法，"弗兰克告诉他，"你在回来的旅途中依然声称自己能看见不存在的东西。"

"回来的旅途中，老火星人确实和我们在一起。要是你擦亮眼睛，你早就看见他了。"

"你们有没有想到过，也许你俩都是对的？"医生说。

"什么？我俩怎么可能都对？"弗兰克反驳道。

"我不想对此多言，但我能告诉你们一件事：我已经活得足够长，知道人不单单靠面包存活，也认为人死后留下的尸体不能算是他本人。所有哲学之中，最不可能的哲学就是唯物主义。我们暂时说到这儿吧。"

弗兰克正要再次反驳，这时气闸指示灯显示有访客。两个少年的父亲回来了。"进来，进来，先生们。"医生喊道，"你们来得真及时，我们正在批评唯我论，快加入进来吧。来点儿咖啡吗？"

"唯我论吗？"萨顿先生说，"弗朗西斯，别关心哲学了。"

"你们和总代理人商谈得怎样？"麦克雷问。

马洛先生咯咯笑道："克鲁格十分恼火。"

那天晚上，在市政厅里召开了移民者会议。市政厅就是南方移民地星形建筑群的中枢建筑。马洛先生和萨顿先生是会议的发起者，他们早早抵达，发现会议室的房门紧闭，克鲁格手下的两名督察官守在外面。马洛先生没有理会他们仅仅几小时前还在试图逮捕弗兰克和吉姆的事实，有礼貌地向两人打招呼，说道："我们把会议室打开，大家随时可能会到。"

两名手下并没有挪动位置。其中较为年长的一位名叫杜蒙，他宣告："今晚不会有会议。"

"什么？为什么？"

"这是克鲁格先生的命令。"

"他有没有说原因？"

"没有。"

"这场会议是按正确的流程召集的，一定会召开。"马洛先生告诉他，"站到一边去。"

"马洛先生，别给你自己找麻烦。我收到命令，而且——"

萨顿先生挤上前说："让我来对付他。"他的手摸向腰带。在他的身后，弗兰克咧嘴一笑，瞥了一眼吉姆，也摸向自己的腰带。他们四个都携带了武器，而克鲁格的两名手下也是如此。在等待小瑟提斯发来关于拘捕令的指示时，两位父亲认为克鲁格不会安分。

杜蒙紧张不安地看着萨顿。移民地没有真正的警察，这两人是火星公司办公室的职员，只因克鲁格的委派才成为督察官。"在移民地内部，你们不需要这样全副武装地东奔西走。"他抱怨道。

"哦，是这样吗？"萨顿先生和气地说道，"好吧，这份差事不需要用枪。接住，弗朗西斯，拿着我的热能枪。"他带着空枪套逼近二人："现在，你想要被轻轻地扔出去，还是更喜欢弹跳几下？"

萨顿比杜蒙强壮不了多少，但性格强硬得多。杜蒙后退到同伙那儿，踩到了对方的脚趾："听我说，萨顿先生，你没——嗨！克鲁格先生！"

他们都看向四周，只见常驻总代理人正在走来。他看了看他们，轻快地说道："这是什么情况？萨顿，你在妨碍我的手下吗？"

"完全不是，"萨顿先生否认道，"是他们在妨碍我。叫他们站到一边去。"

克鲁格摇摇头说："会议取消了。"

马洛先生走上前，问："被谁取消了？"

"被我。"

"你有什么权力？我得到了所有议员的同意，如果有必要的话，我会交给你20位移民者的名字。"按照移民地的规章，只要20位移民者同意就能召开会议，不用获得议会的准许。

"那与此事无关。规章上说，会议要考虑'关系到公众利益'的事务。在审判前煽动民意无法解释为'关系到公众利益'，我不会让你利用规章来做这种事。毕竟，我有最终决定权。我不打算向煽动民意者举手投降。"

他们周围逐渐聚集了许多人，移民者们赶来参会了。马洛说道："你说完了吗？"

"说完了，但我还要说一句，这些人和你都应该回到自己的住处去。"

"克鲁格先生，听到你说一个民权案件与公众利益无关让我感到很惊讶。我们邻居的孩子依然在豪校长的照护之下，他们对于他们的儿子会受到怎样的对待很感兴趣。然而，那不是这次会议的目的。我给你一句承诺，无论是萨顿先生还是我，都没打算让移民地民众对于我们的儿子受到的指控采取任何行动。你会接受这句承诺，撤走你的手下吗？"

"那么会议的目的是什么？"

"是关系到移民地每个成员切身利益的紧急事务。我会在里面讨论详情。"

"哼！"

到这时，好几位议员出现在人群中。胡安·蒙特斯先生从中走上前来。"马洛先生，稍等一下，当你致电给我说起这场会议时，我不知道常驻总代理人反对会议。"

"常驻总代理人在这件事上别无选择。"

"以前从没出现过这种事，他对于会议活动确实有否决权，你为何不告诉我们这场会议是为了什么事？"

"不要屈服，詹姆斯！"是麦克雷医生的声音，他挤到前面来，"你真是个笨蛋，蒙特斯，我后悔给你投了票。我们有权在情况合适时开会，而不是当克鲁格说我们可以开会时才开会。怎么样，大伙儿？"

大家咕哝着表示赞同。马洛先生说："我不打算告诉他，医生。我想要每个人都到这儿，关起门来再说。"

蒙特斯和其他议员聚成一团。主席亨德里克斯从中走出来说："马洛先生，为了让事情符合规矩，请告诉我们你为何想要召开这场会议。"

吉姆的父亲摇摇头。"你们答应召开这场会议，否则我会收集20个签名，强制开会。你就不能勇敢地面对克鲁格吗？"

"我们不需要他们，詹姆斯。"麦克雷让他放心，他转身面向快速扩大的人群，"谁想要召开会议？谁想听一下马洛要说的话？"

"我想！"有人喊道。

"是谁？哦，凯利。好吧，凯利和我，现在是2个人。有没有另外18个不必向克鲁格请求准许才敢打喷嚏的人？出声吧。"

人们接连喊出声。"3个，4个。"不一会儿后，麦克雷就喊到了第20个人。他转身对着常驻总代理人说："克鲁格，让你的手下从那扇门前离开。"

克鲁格气急败坏。亨德里克斯跟他耳语几句，接着示意两个手下离开。那两人十分高兴，将这当成克鲁格下达的命令。人群拥进会议厅。克鲁格在后面找位子坐下，他以前一般都坐在讲台上。

吉姆的父亲发现，议员中没有一人想要主持会议，他就自己走向讲台。"我们选出一位会议主席。"他宣布。

"你来主持，詹姆斯。"麦克雷医生说。

"我们按规则来。有人提名人选吗？"

"主席先生——"

"孔斯基先生吗？"

"我提名你。"

"非常好。现在让我们听听其他人的意见。"但没有人出声。他经由全体一致同意成为会议主席，留下了议事槌。

马洛先生告诉众人，一个严重影响到移民地的消息已经传到他耳边。他接着交代了威利斯如何落入豪校长之手的详情。克鲁格站起身来，怒斥道："马洛！"

"请称我为主席。"

"主席先生，"克鲁格愠怒地同意了，"你说这次会议不会为你儿子博取同情，可你就是在试图避免让他受罚，你——"

马洛先生敲打议事槌，说："你在破坏秩序，坐下。"

"我不会坐下。你这不要脸的粗鲁之——"

"凯利先生，我任命你为警卫官，负责维持秩序。请挑选你的手下。"

克鲁格坐了下来。马洛先生继续说："这个会议与我儿子和帕特·萨顿的儿子受到的指控毫无关系，但我的消息是通过他俩得到的。你们都已经见过火星圆头兽——孩子们叫它蹦蹦兽，你们也知道它有复制声音的惊人能力。你们中的大多数人大概都曾听过我儿子的宠物表演绝技。当我们都需要知晓的一些事情被讨论时，这只圆头兽碰巧在场。吉姆，把你的宠物带到这儿来。"

吉姆有点儿难为情地走上讲台，让威利斯坐到讲台上。威利斯环顾四周，立刻缩回所有凸出物。"吉姆，"他的父亲小声催促道，"让它重复那段对话。"

"我试试。"吉姆同意道，"赶紧，伙计。没人会伤害威利斯。出来，吉姆想和你说话。"

他的父亲对听众说道："这种生物性格胆小，请尽量保持安静。"接着他又对儿子说："怎样了，吉姆？"

"我在尝试。"

"该死的，我们早先应该录音的。"

威利斯选择在这一刻停止躲藏。"你瞧，威利斯伙计，"吉姆继续说，"吉姆想要你说话，每个人都在等着威利斯说话。赶紧啦！'下午好。下午好，马奎斯'。"

威利斯接着说下去："'坐下，孩子。见到你很高兴。'"它继续说着，一口气复述出豪和比彻的对话。

有人听出了比彻的嗓音，他将这一发现告诉了其他人，人群中发出捂住嘴的惊呼声。马洛先生急忙做手势要求其保持安静。

不久，当威利斯模仿的比彻嗓音解释起"合法贪污"理论时，克鲁格站起身。凯利将双手放到他的肩上，把他按到座位上。克鲁格开始抗议，凯利用一只手捂住克鲁格的嘴巴。接着凯利微笑起来，自从克鲁格被指派到移民地后，这就是他一直想要做的事。

听众在两段重要对话的间隙变得焦躁不安。马洛先生打手势示意，精华部分还没到来。他无须担心，威利斯一旦被启动，就像一位餐后演讲者那样难以停下。

当威利斯复述完对话后，大家惊讶得说不出话来，有人小声咕哝，接着变成了咆哮。同一时刻，每个人都有话要说，会场变得十分吵闹。马洛重重地敲打议事槌，要求恢复秩序，威利斯吓得缩成了一个球。不久，年轻的技术员安德鲁发言道："主席先生……我们知道这件事有多重要，假如它属实——但那个小生物有多可靠？"

"我认为它不可能以逐字逐句以外的方式复述。有没有在场的心理学专家可以发表一下看法？你怎么样，伊瓦涅斯医生？"

"我同意你的观点，马洛先生。圆头兽能在心理层面上创造言语，但像我们刚才听到的这种对话明显是它曾经听到过的，它会像鹦鹉一样准确地重复它听到过的对话。我怀疑，这样的'录音'——假如我可以这么称呼的话——被印刻在它的神经系统中之后就无法再更改了。这是一种无意识的神经反射，复杂而又美丽，但仍然是神经反射。"

"这个回答有没有让你满意，安德鲁？"

"没有。人人都知道，蹦蹦兽只是一种超级鹦鹉，没有聪明到能撒谎的程度。但是，那是不是常驻总代理人的声音？听起来像是，但我仅仅通过无线电广播听过他的声音。"

有人喊道："是比彻。我被派驻在瑟提斯时，常常不得不听他讲废话。"

安德鲁摇摇头说："好吧，听起来像他，但我们得确定是他才行。这也可能是一个机灵的演员在模仿。"

克鲁格一直沉默着，像是受到了惊吓。这场曝光让他也大吃一惊，因为比彻没有信任在一线的任何一个人。但克鲁格的良心很不安，因为在他自己的派遣档案中有迹象表明，威利斯所说的正确无误，而迁徙需要行星办公室发出的若干例行指令。他不安地意识到，假如按照官方的说法，迁徙会在不到两周后开始，那么他们还没有做过任何准备。

但安德鲁的话仿佛给了他一根救命稻草。他站起身，说道："我很高兴有人拥有足够的判断力，没有被骗。你花了多长时间教会它这些的，马洛？"

凯利说道："我可以堵住他的嘴巴吗？"

"不，这个问题必须面对。我想，关键在于你相不相信我的儿子和他的伙伴。你们中有谁想要向他们提问？"

一个高高瘦瘦的人从后面的椅子上站起身，说："我能辨别真假。"

"是吗？非常好，托兰先生，你可以发言了。"

"我得去拿一样仪器，稍等几分钟。"托兰是一名电子工程师和音响技术员。

"哦，我明白你的意思了，你需要一个比彻声音的比较模型，对吧？"

"是的，但我已经有我需要的东西。比彻每次发表演讲时，克鲁格都让我把它录制下来。"

志愿者给托兰做帮手，接着马洛建议大家休息一下。波特尔太太立刻站起身，说："马洛先生！"

"波特尔太太，什么事？大家安静。"

"我不会在这儿多逗留一分钟，听你们胡说八道！对亲爱的比彻先生发起这些指控太荒谬了！更不用说你让那个可恶的凯利对克鲁格先生做出的事情！至于那只畜生——"她指向威利斯，"它绝对靠不住，我知道得一清二楚。"她停下来"哼"了一声，对波特尔先生说"起身，亲爱的"，然后准备离开。

"拦下她，凯利！"马洛先生沉着地说道，"我希望在我们做出决定之前，任何人都不要离开。假如移民地决定采取行动，那么把它作为一次突袭也许对我们更有利。大会愿意授权我采取措施，确保没有一辆雪地车离开移民地，直到你们已经对此事下定决心吗？"

只有波特尔太太说了一声"我反对"。"凯利先生，征召一些帮手，"马洛下令道，"执行大会的决策。"

"好的！"

"你现在可以走了，波特尔太太。你不能离开，克鲁格先生。"波特兰先生困惑地犹豫了一下，然后快步跟上妻子。

托兰回来了，在讲台上搭起仪器。在吉姆的帮助下，威利斯被说服再次重述对话，但这次是对着一台录音机。很快，托兰举起一只手说："已经够了。让我找一些匹配的词。"他选择了"移民地""公司""下午""火星人"，因为这些词很容易在威利斯的录音里和常驻总代理人的广播演讲中找到。托兰仔细地检查每一份录音，在一台示波器的明亮屏幕上显示出复杂的驻波。这些波能识别个人独特的音色，就像用指纹鉴定人体身份一样明确。

他最后站起身。"是比彻的声音。"他断然说道。

吉姆的父亲不得不再次敲击议事槌，要求大家遵守秩序。等到会场安静下来后，他说道："非常好，你们想如何处理这件事？"

有人喊道："用私刑处死比彻。"主席建议他们提出一些切合实际的建议。

另一个人喊道："克鲁格对此有什么要说的？"

马洛转身对着克鲁格。"常驻总代理人先生，你代表火星公司。这是怎么回事？"

克鲁格舔了舔嘴唇，说："假如有人认为那只畜生确实转述了总代理人亲口说的话——"

"别再拖延了！"

"托兰证明过了！"

克鲁格将目光投向四周，他面临着一个对于他这种性格的人来说不可能做出的决定。"这其实不关我的事，"他气愤地说道，"我即将被调到别处。"

麦克雷站起身。"克鲁格先生，你是我们的监护人。你想说，你不会维护我们的权益？"

"医生，我为火星公司工作。假如公司的政策如此，虽然我没有认可它，但你不能指望我反对公司。"

"我也为公司工作，"医生咆哮道，"但我没有把自己的身体和灵魂都出卖给公司。"他的目光扫过人群，说："大伙儿，怎么样？我们应不应该把他扫地出门？"

马洛不得不敲槌子维持秩序。"坐下，医生。我们没有时间浪费在琐事上。"

"主席先生——"

"怎么了，帕尔默太太？"

"你认为我们应该做些什么？"

"我希望大家能提出建议。"

"别废话了，你比我们更早知道这件事，你一定有主张。说吧。"

马洛看到她的提议得到众人支持，说："好吧，我发表一下我个人和萨顿先生的意见。依照契约，我们有权迁徙，火星公司也有义务让我们迁徙。我的看法是，我们立刻开始迁徙。"

"我也要！"

"附议！"

"提问！"

"有人要辩论？"马洛问道。

"稍等一下，主席先生——"说话的人是汉弗莱·吉布斯，一个生性严谨的小个子，"允许我直言，我们行事太仓促，没有履行适当的程序。我们还没有用尽纾困措施，我们应当联系比彻先生，政策变化也许有着充分的理由——"

"你要怎么忍受零下70摄氏度的环境！"

"主席先生，我必须坚持发言次序。"

"让他把话说完。"马洛下令道。

"正如我刚才说的，公司也许有充分的理由，但地球上的火星公司董事会或许不完全清楚这儿的情况。假如比彻先生无法同意我们的纾困措施，那么我们应该联系董事会，和他们讲道理，而不应该自行治罪。假如最坏的情况发生，我们有契约在手；假如迫于无奈要起诉，我们总能那么做。"他说完后坐了下来。

麦克雷再次站起来："有谁介意我发言吗？"大家的沉默代表同意，麦克雷继续说："所以，这个胆小鬼想要起诉！等到他'用尽纾困措施'，我们也快被冻死了！外面的气温已经达到零下90摄氏度，地面上的白霜冻得有30厘米深，他却想让这件事列入地球上某位法官的日程上，再雇用一名律师！

"假如你想让一份契约得到执行，你得亲自去执行才奏效。你知道这背后藏着什么。上个季度，当火星公司削减家庭津贴、开始对超重行李收取费用时，真相就显现出来了。我那时就警告过你们，但董事会在1亿千米之外，你们乖乖付了钱，而不是抗争。火星公司不想支付我们迁徙的开支，但更重要的是，他们十分渴望引进更多火星移民，引进的速度超出了我们能承受的范围。他们认为低成本的做法是，让北方移民地和南方移民地一直满员，而不是建更多的建筑物。正如吉布斯先生所说，他们没有意识到火星上的极端环境，不知道我们在冬天无法有效地工作。

"问题不在于我们能否撑过极区的冬季，因纽特人每个季节都这样做。这不仅仅关系到契约，更关系到我们是成为自由的人，还是让那些从未踏足过火星的人在另一颗行星上为我们做出决定！

"稍等一下，让我把话说完！我们是先遣队，当大气项目完成后，数百万人类会跟着来到火星。他们会不会被地球上一个由遥领业主①组成的董事会统治？火星是不是始终是地球的移民地？现在是解决争端的时刻！"

会场一片寂静，接着响起零零落落的掌声。马洛说道："还有人要辩论吗？"

萨顿先生站起身。"医生说得对。我骨子里从来都不喜

---

①遥领业主：拥有火星移民地所有权，实际居住在地球上的人。

欢那群遥领业主。"

凯利大喊："你说得对，帕特！"

吉姆的父亲说道："这个话题超出了会议范围。摆在我们面前的问题是'立刻迁徙，还是什么都不做'。你们准备好对这个问题表态了吗？"

大家都准备好了，并得出了一致同意的结果。假如有人没有投票，那么至少他们没有投出反对票。这件事得出结果后，他们又进行了一次投票，选出了一个紧急委员会，掌握权力的主席接受委员会的审查，而委员会的决定受到移民地的审查。

詹姆斯·马洛被选为主席。麦克雷医生也得到提名，但他拒绝了。马洛先生坚持让麦克雷加入紧急委员会，借此和他扯平了。

从最小的婴儿到年纪最大的麦克雷老医生，南方移民地此时共有509个人。移民地有11辆雪地车，算得上数量充足，但要让所有人一次性迁徙，就有些勉强，前提还是他们几乎要像货物一样被塞进车内，而且每个人只能携带几斤重的手提行李。常规的迁徙通常分作3个或更多区段来进行，还有小瑟提斯提供的额外雪地车。

吉姆的父亲决定一次性转移所有人，并希望能允许回来拿个人财物。牢骚声很多，但他不为所动。委员会批准了方案，没人试图召开居民会议。他决定周一黎明出发。

克鲁格被允许保留他的办公室，马洛更喜欢在自己的办公室里主持工作。凯利（他继续担任事实上的警卫官）受命一直监视克鲁格。周日下午，凯利致电马洛："嘿，主席，你知道吗？两名火星公司的警察刚刚坐雪地车到达，要带你儿子和萨顿家的小孩回瑟提斯。"

马洛思忖了一下。他判断，克鲁格一定是在听说两个少年回家的时候就给比彻打过电话。"他们现在在哪里？"马洛问道。

"就在克鲁格的办公室里，我们逮捕了他们。"

"把他们带过来，我想要讯问他们。"

"好的。"

他们不久后就出现了。两个非常不悦的男人被解除了武装，由凯利和一名助手押送过来。"好了，凯利先生。你不需要待在这儿，我有武器。"

凯利和助手离去后，一名火星公司派来的警察说道："你逃不掉的。"

"你们没有受伤。"马洛慢条斯理地说道，"而且你们很快便会拿回手枪。我只想问你们一些问题。"但几分钟后，他从两人口中得到的只是一连串勉强给出的否定回答。移民地内线电话再次响起，凯利的脸出现在屏幕上："主席，你不会相信的——"

"不会相信什么？"

"克鲁格窜进了两个警察过来时坐的那辆雪地车。我还不知道他会驾驶雪地车。"

马洛用镇定的表情掩盖了他内心的忧虑。他在片刻后答道："出发时间提前到今天日落后。放下所有工作，把消息传出去。"他查阅了一张图表："离出发还有2小时10分钟。"

这次的牢骚声甚至比之前更大了。然而，太阳刚接触到地平线，第一辆雪地车就出发了，其余的雪地车出发时间彼此相隔30秒，依次跟了上去。当太阳消失时，最后一辆雪地车离开了，所有移民前往北方，进行季节性迁徙。

第十章
迁徙开始了

　　有4辆雪地车型号较老，速度较慢，最高速度低于320千米每小时。它们被安排在车队最前面，作为排头兵。午夜时分，其中一辆雪地车出现引擎故障，车队不得不放慢速度。大约凌晨3点，那辆车彻底动不了了。他们必须就此停下，冒着严寒和风险将那辆车上的乘客安排到其他雪地车上。

　　麦克雷和马洛钻进担任指挥部的雪地车，也就是车队中的最后一辆。医生看了一眼手表。"现在计划在海斯派瑞登姆停下？"他提问的同时，雪地车启动了。他们直接经过希尼亚车站，没有停留。海斯派瑞登姆在前方不远处，而小瑟提斯在海斯派瑞登姆的前方大约1100千米处。

　　马洛皱起眉头。"我不想停下。假如我们在海斯派瑞登姆停留，那意味着我们要等到日落后冰面冻结才能再次出发，损失一整天的时间。克鲁格提前告诉了比彻，给了他一整天时间来琢磨出一个阻止我们的办法。假如我确定日出后的冰面承受得住雪地车，这样争取到的时间足够让我们到达那儿——"他停下来咬住嘴唇。

在南方移民地，现在是初冬时节，运河冰面直到春天来临前都会保持坚硬。但在这儿，他们已经接近赤道。在火星稀薄的空气所允许的每日巨大的温差之下，运河会在晚上冻结，在白天消融。在赤道北面，也就是他们前往的地方，来自融化中的北极冰冠的春汛早已出现。运河中流淌的洪水在夜里形成冰层，但那是随着河流移动的浮冰，而且夜晚的云层有助于保留白天的热量。

　　"假如你要继续走下去，你的计划是什么？"麦克雷继续问道。

　　"径直去往造船的内湾，把雪地车停到坡上，那儿有什么船就把东西装上什么船。等到冰面融化得差不多了，就让船破冰航行，往北去。我想趁比彻从惊讶中回过神来之前，把我们之中大约150个人送出小瑟提斯，前往北方。除了快马加鞭，我还没有任何真正的计划。那样比彻也就没有时间来做计划了，我想让他知道局势已定。"

　　麦克雷点点头说："真是个大胆的计划，就是要这样。放手去干吧！"

　　"我想这么做，但我担心冰面会支撑不住。假如有一辆雪地车穿破冰面，会有人丧命——那将是我的过错。"

　　"驾驶员们够聪明，一旦太阳升起后就会扩散成梯队。詹姆斯，我在很久以前就发现，人这辈子得冒一些风险。否则，你就好比一颗奔着汤锅而去的蔬菜。"他停顿了一下，望向外面的驾驶员，"我看到前方有光亮，应该是海斯派瑞登姆。下定决心吧，詹姆斯。"

马洛没有回答。过了一会儿，光亮已经在他们后面。

当太阳升起后，马洛让驾驶员驾驶雪地车离开车队，在最前面带头。快到9点时，他们经过小瑟提斯雪地车站，没有停留。他们继续往前，经过太空港，再右转进入造船的内湾，那儿是来自北方的主干运河的终点。马洛的驾驶员驶上坡道，同时他信不过雪地车的冰刀，依然在降低爬行速度。领头的雪地车沿着斜坡爬了很长一段距离，在坡道上停好，其他雪地车跟在它后面。

马洛、凯利和麦克雷爬出充当指挥部的雪地车，后面跟着抱着威利斯的吉姆。其他雪地车的车门打开，人们开始鱼贯而出。"凯利，让他们回到车里。"马洛先生当即下令。吉姆听到这话，躲到父亲身后，努力避免引起别人的注意。

马洛生气地盯着内湾——里面没有一艘船。在内湾对岸，一艘小汽艇被拉上滑动垫木，引擎被卸了下来。最后马洛转身面对麦克雷，说："看啊，医生，我现在进退两难，好比爬上一棵树后下不来了。我该如何下来？"

"假如你之前在海斯派瑞登姆停下来，你的处境也不会更糟糕。"

"也没有好多少。"

一个男人从内湾旁一排仓库中的一间里走出来，靠近他们。"这是什么？"男人盯着停着的雪地车，询问道，"马戏团？"

"是季节性迁徙。"

"我正纳闷你们何时会经过，还没有听到任何相关消息。"

"所有船只都去了哪里？"

"依然散布在四处，我猜大多在大气项目的营地。这不在我的责任范围内，你最好打电话给交通官员。"

马洛再次皱眉，不满地问："你至少能告诉我临时营房在哪里吧？"每次迁徙时，为了应付接力迁徙的移民者，总是会留出一处仓库，将它布置成营房。火星公司唯一的旅馆——火星城酒店，仅有20张床。

男人神情困惑地答道："既然你提到这个，那我告诉你，我没听说过要做任何准备。看起来像是日程有点混乱，对吧？"

马洛骂了句脏话，意识到他的问题有多么愚蠢。比彻当然没为迁徙做准备，他根本没打算让移民者迁徙。马洛接着问："这儿有没有电话？"

"在我的办公室里面——我是仓库管理员。请自便吧。"

"谢谢。"马洛说完就走向办公室，麦克雷跟在他后面。

"你的计划是什么，孩子？"

"我要给比彻打电话。"

"你认为那样做明智吗？"

"管他呢，我得让那些人离开雪地车。其中有年幼的婴儿，还有女人。"

"他们很安全。"

"医生，既然我们到了这儿，比彻肯定得对此做点什么。"

麦克雷耸耸肩说："你说了算。"

马洛在电话里说服了好几位秘书，最终和比彻通上了话。总代理人注视着他，没有认出他是谁。

"怎么了？快说话，孩子，有什么紧急的事？"

"我叫马洛。我是南方移民地的移民者会议执行主席。我想知道——"

"哦，对了！是著名的马洛先生。我们望见你的破烂军队经过了。"比彻转过身，小声说了些话。从应答的嗓音听得出那是克鲁格。

"既然我们到了这儿，你准备怎么处置我们？"

"处置？不是明摆着的吗？等到今晚结冰后，你们所有人就可以折回到你们出发的地方。除了你——你留在这儿接受审判。假如我记得没错的话，你的儿子也要留下。"

马洛控制住自己的脾气，商量道："那不是我的意思，我想要500个人的生活空间，得有烹饪和盥洗设施。"

比彻没有理会他的话。"让他们待在原地，待一天伤不了他们，要给他们一个教训。"

马洛正要回答，但转念一想，打住话头。"你是对的，医生。和他对话毫无意义。"

"反正也没坏处。"

两人走到外面，发现凯利已经安排一队手下站在雪地车四周。"你们走进去后，我变得心神不安，于是在四周部署了一些手下。"

"和我比起来，你是个更优秀的将军。"马洛给予凯利高度的认可，接着又问，"有什么麻烦吗？"

"比彻手下的一个警察出现过，但他已经离开了。"

"你们为什么不抓住他？"麦克雷问道。

"我想要抓他，"凯利答道，"但是当我朝他喊话时，他一直往前走。除非我开枪，不然拦不住他，于是我放他离开了。"

"你应该开枪打他的非要害部位。"麦克雷说。

"我应该那么做？"凯利对马洛说道，"我很想那么做，但我不知道我们的立场。这是一场真枪实弹的战争，还是仅仅是一场与火星公司的纷争？"

"你做得对。"马洛让凯利放心，"不能出现交火，除非比彻先开枪。"麦克雷不屑地哼了一声。马洛转身朝向他，问道："你不同意？"

"詹姆斯，假如你跟一位众所周知的无赖讲公平，你会将自己置于可怕的劣势下。"

"医生，眼下不是交流观点的时间，我得立刻把这些人安全地安置好。"

"那正是我要说的，"麦克雷坚持己见，"寻找住所不是优先该做的事。"

"那么优先该做什么？"

"建立一支特遣队，派他们去抓比彻和火星公司的官员。我请缨带头领导这支特遣队。"

马洛愤怒地比画手势。"绝不可能。目前，我们是一群进行合法活动的公民。一旦有了那样的举动，我们就成了违法的歹徒。"

麦克雷摇摇头，说："你没明白你采取的行动背后的逻辑。你知道水会从山上流下来，但你认为，水永远不会抵达深渊。在比彻的词典里，你现在就是一名违法歹徒。我们所有人都是。"

"胡说八道，我们只是在执行契约。假如比彻守规矩，我们也会守规矩。"

"我告诉你，攻克难关的方法就是果断出手。"

"麦克雷医生，假如你如此确信这件事应该如何指挥，那么你为何拒绝接受领导权？"

麦克雷涨红了脸，说道："长官，请你原谅我。你的命令是什么？"

"你比我更加了解瑟提斯，哪儿有我们能征用的营房？"

吉姆决定不再躲藏了。"爸爸，"他绕到父亲面前说，"我知道我们在哪里，而学校——"

"吉姆，我没有工夫闲聊。回到车里去。"

"但是，爸爸，这里去学校仅需要步行10分钟左右！"

"我觉得他言之有理。"医生插话进来，"学校里有床铺供孩子们休息，还有厨房。"

"嗯……好吧。也许我们应该征用两所学校，将妇女和小孩安置到女子学校。"

"詹姆斯，"医生提议道，"我冒着让自己的耳朵再次被震聋的风险，再斗胆说一句'不行'。不要将你的力量分散。"

"我不是真想那么做。凯利！"

"在，长官。"

"让他们把车子全开出去，每支车队安排一个人维持秩序，让他们紧跟其后，我们要开拔了。"

"好的。"

小瑟提斯的地球人聚居地的街道上行人稀少，因为行人更偏爱走地道。他们遇见的几个行人看起来受到了惊吓，但没人打扰他们。

学校前门的气闸一次能容纳大约20个人。当第二批人入内后，外侧门重新打开，豪校长走了出来。即便他戴着面罩，依然能看出他正勃然大怒。

"这是什么意思？"他问道。

威利斯看了他一眼，缩成了一个球。吉姆躲到父亲的身后。马洛走上前说："我们很抱歉，但我们要把学校当作紧急避难所。"

"你不能那么做，你到底是谁？"

"我名叫马洛。我负责这次迁徙行动。"

"但——"豪突然转身，从人群中挤过去，走进了学校。

将近30分钟后，马洛、麦克雷、凯利随着最后一批人走进学校。马洛指挥凯利在每道门的内侧部署看守。麦克雷本想建议在建筑物外面安排一圈武装警卫，但最终忍住没说。

萨顿先生在门厅里等待马洛。"老大，帕尔默太太有一个重要消息——她要告诉你，大概再过20分钟食物就会准备好。"

"好极了！我可以好好吃一顿。"

"而学校原本的厨子在餐厅里生闷气。她想和你谈一谈。"

"你去应付她。豪在哪儿？"

"不知道。他穿过这儿就不见了。"

一名男子穿过人群挤上前。门厅被堵得水泄不通，人群中不仅有移民者，还有想要看热闹的学生。到处都有父母和儿子的重聚场景。凯利在拍打儿子的后背，他的儿子也在拍打他。嘈杂的话语声震耳欲聋，挤上前的男子将嘴巴贴近马洛的耳朵，说道："豪先生在他的办公室里。他把自己锁在里面，我刚才试图见他一面。"

"让他待着吧，"马洛决定下来，"你是谁？"

"扬·范德·林登，这儿的自然科学课教师。我可否问一句，你是谁？"

"我叫马洛，我会管理这个混乱的地方，你能把住在校外的男学生聚集到一起吗？我们至少要在这儿住上一两天。我很抱歉，但必须这么做。这几天不可能上课了。你还是把来自这座城镇的少年送回家为好，老师们也回家去。"

这位教师一脸怀疑地说："我在没有豪先生应允的情况下做这种事，豪先生会不高兴的。"

"我无论如何都要那么做，但由你来做可以加快速度，尽快结束这场混乱。我会承担全部责任。"

吉姆看见他的母亲穿过人群，于是没有听完对话的结果就走向母亲。她倚靠着墙壁，手里抱着奥利弗，神情十分疲惫，像生病了。菲莉丝站在母亲身旁。吉姆钻过人群，喊道："妈妈！"

母亲抬起头问："什么事，吉姆？"

"你们跟我来。"

"哦，吉姆，我累得走不动了。"

"加油！我知道一个地方，你们能在那儿躺下来。"几分钟后，他们三人来到被弗兰克和他自己抛弃的那间寝室。和他的猜测一样，寝室依然没有人住。他的母亲在他的床铺上坐下，说："吉姆，你是个天使。"

"妈妈你休息吧。食物准备好后，菲莉丝能给你拿些过来。走廊对面有厕所。我要回去看看情况。"他起身要离开，又犹豫起来，"菲莉丝，你愿意为我照顾威利斯吗？"

"为什么？我也想看看外面的情况。"

"你还是个小女孩，不需要做太多的事！"

"哼，我就喜欢那样！我的事同样多。"

"别吵架，孩子们。吉姆，我们会照顾好威利斯的。告诉你父亲我们在这儿。"

吉姆传递了妈妈的口信，很晚才排进领取食物的队伍里。等到他排了一段时间，又花费时间用完餐后，他发现大多数移民者聚集在学校礼堂里。他走进礼堂，看到弗兰克和麦克雷医生靠着后墙站着，就挤过人群走向他俩。

他的父亲用枪托充当议事槌，不断敲击，要求大家安静。"林西克姆先生有话要说。"

发言者是一个大约30岁的男子，他好斗的态度令人讨厌。"我说，麦克雷医生是对的，我们不应该做些无用的事。我们要得到船只，去往科派斯。比彻不会给我们船只，但他掌握的所有武装力量就是一队警察而已，对吧？即便他动用瑟提斯的每个男人，他也仅有100到150杆枪。我们这儿有两倍数量的枪支，或者更多。此外，比彻无法让所有本地雇员都对抗我们。那么，我们该做什么？我们应该抓住他，掐住他的脖子，迫使他公平对待我们。"他仿佛大获全胜一般地坐下。

麦克雷小声说："请老天保佑我免受朋友伤害。"

好几个人试图发言。马洛挑选出一人："请吉布斯先生发言。"

"主席先生……邻居们……我很少听到比这更轻率和更充满挑衅的发言。马洛先生，你说服了我们开始这次鲁莽的冒险，我必须说，我从未赞同过这个方案——"

"但是你跟来了！"有人喊道。

"注意秩序！"马洛喊话，"吉布斯先生，请说重点。"

"现在，轻率和暴躁的人会用彻底的暴力让事态恶化。但是既然我们到了这儿，到了政府所在地，显而易见该做的事情是向政府申诉。"

"假如你这番话的意思是央求比彻将我们送到科派斯，吉布斯先生，我早已请求过了。"

吉布斯勉强一笑。"马洛先生，假如我说请愿者的人格有时会影响请愿的结果呢？我知道这所学校的校长豪先生就在这儿，这个人对于常驻总代理人有一定的影响力。请他帮忙联系总代理人，这难道不是明智之举吗？"

萨顿先生喊起来："在整个火星上，我最不想让他来代表我！"

"请叫我主席，帕特。"马洛警告道，"就我个人而言，我有相同的感受。但是假如大家都想这么做，那么我不会反对。"他继续对听众说道："豪在这儿吗？我没看见他。"

凯利站起身说："他一直在这儿，他依然躲在办公室内。我已经隔着通风口和他谈过两次。我也答应过他，假如他愿意帮忙，从办公室里出来，像个男子汉一样勇敢面对我，那么我会揍他揍得轻点。"

吉布斯先生露出震惊的神情，问："你真会这么做吗？"

"这是与我儿子有关的私事。"凯利解释道。

马洛捶打桌子。"假如你们大家真的想让豪来代表你们的话，凯利先生会放弃他揍人的权利。有人提议吗？"吉布斯提议了，最后只有他和波特尔夫妇投票支持。

投票之后，吉姆说道："爸爸？"

"请称呼我为主席，儿子。什么事？"

"主席先生，我刚想出一个点子。既然我们没有任何船只，也许我们能用弗兰克和我回到哈喇克斯的方式到达科派斯——假如火星人愿意帮助我们的话。"他补充道，"假如大家允许我俩行动，弗兰克和我能回去找到壁虎，看看能对此做些什么。"

礼堂内片刻间鸦雀无声，接着响起嘀咕声。尽管几乎所有移民者都已经听过两个少年的经历的一些版本，但一个简单的事实是：大家都不相信、不理会或不全信少年的讲述。这个传闻有悖于经验，大多数火星移民者和地球上的人一样对"常识"深信不疑。两个少年在没有特别的掩蔽设备的情况下，要如何穿越1300多千米的荒野地带？他们根本不会去思考另一种解释，因为有"常识"的头脑不会对逻辑低头。

马洛先生皱起眉头。"你提出了一种全新的可能，吉姆。"他思考了片刻，说道，"我们不知道火星原住民是否拥有从这儿到科派斯的运输系统——"

"我敢打赌，他们有！"

"就算他们有，我们也不确定他们会不会让我们乘坐。"

"但是，爸爸，弗兰克和我——"

"秩序问题，主席先生！"又是吉布斯发言，"你按照什么规定允许小孩子在成年公民的会议上讲话？"

马洛先生神情尴尬而又气恼。麦克雷医生出声道："我也要提出秩序问题，主席先生。从何时开始，这个怂包——"他朝着吉布斯打了个手势。

"注意秩序，医生。"

"我要更正。我是说，这位正直的男性公民吉布斯先生从何时开始认为，弗兰克、吉姆和他们这般岁数的其他佩枪男性不是公民？我也许该顺便提一下，当这位吉布斯先生还在穿尿布时，我已经是个成年人——"

"注意秩序！"

"按我的看法，这儿是一个边疆社会，任何一个年纪大得足以作战的人都是男子汉，而且他们必须被视作男子汉，而任何一个年纪大得足以烹饪和照顾婴儿的女孩也是成年人。不管你们知不知道，你们将进入一段不得不为自己的权利而斗争的特殊时期。大部分战斗任务会由年轻人来承担，你们理所当然地该好好对待他们。在地球上那种受年龄限制的社会里，25岁也许是获得公民权的合法年龄，但我们不一定要遵照那些对于我们来说不合适的惯例。"

马洛先生敲起枪托。"这件事不宜再讨论，吉姆，会议后过来见我。谁要提出什么此刻能够执行的具体行动计划吗？我们是要谈判，还是要凭借人数优势采取行动？"

孔斯基先生称呼一声主席后说道："假如有必要，我赞同使用我们不得不采取的任何手段。马洛先生，由你再次致电比彻先生，行吗？你可以向他指出，我们有足够的力量，能实施我们觉得必要的行动，他或许会明事理。我提出这个建议。"

他的提议得到通过。马洛先生提出由其他人代表他致电比彻，但他的提议被拒绝了。他离开讲台，进入大厅，找到通信亭，砸掉豪装上的门锁。

比彻看起来格外得意。"啊，来了，我的好朋友马洛。你打电话过来，是要投降吗？"

马洛环顾四周，看着挤进通信亭的五六个移民者，再彬彬有礼地向比彻解释起来电的意图。

"去往科派斯的船只？"比彻大笑道，"日暮时，雪地车会准备好带移民者回到南方移民地。你可以告诉他们，同意回去的人都可以免于承担他们草率行动引发的后果。当然，不包括你。"

"我致电的意图是想让你明白，我们的人数占优势，超过你在小瑟提斯可以召集的最多人数。我们想要履行契约，但假如你迫使我们使用武力来夺回我们的权利，我们会使用武力。"

比彻通过显示器屏幕嗤笑道："你的威胁吓不到我，马洛。投降吧！一次出来一个人，卸下武装，举起双手。"

"这是你最后要说的话吗？"

"还有一件事——你把豪先生作为俘虏扣押，立刻让他离开，否则我会确保你将来被诉以绑架罪。"

"豪？他不是俘虏，他随时可以离开。"

比彻详述起来。马洛答道："那是凯利和豪之间的私事。你可以打电话给办公室中的豪，这么告诉他。"

"你必须给予他安全通行权。"比彻坚持己见。

马洛摇摇头说："我不会干预私人纠纷。豪在他目前所在的地方很安全，我为什么要费心呢？比彻，我再给你一次机会，以和平方式为我们提供船只。"

比彻盯着他，关闭了视频电话。

凯利说："也许你应该让我牺牲自己，主席。"

马洛挠着下巴。"不行。我不能昧着良心扣留人质，但我有一种感觉，豪待在这里，这座建筑就更安全。我不知道比彻有什么手段——据我所知，瑟提斯没有炸弹或其他任何重武器——但我想知道，是什么让他这么自信。"

"他在唬人。"

"我想知道是不是。"马洛回到礼堂里面，将对话内容报告给所有移民者。

波特尔太太站起身说："好的，我们立刻接受比彻先生宽宏大量的提议！至于将可怜的豪先生扣作俘虏——天哪，这个糟糕的主意！我希望你受到惩罚，还有毫无绅士风度的凯利先生也是。赶紧，亲爱的！"她再次大步离开会场，波特尔先生快步跟在她身后。

马洛问道："还有谁想要投降？"

吉布斯站起身，有些吃不准地环顾四周，跟着波特尔夫妇离开了。直到他离去后，才有人出声。托兰站起身，说道："我提议组织起来准备行动。"

"附议！""附议！"

没人想要辩论，提议得到通过。托兰又提议将马洛选为武装力量指挥官，拥有任命官员的权力。这个提议也得到通过。

这时候，吉布斯跌跌撞撞地回到礼堂，面色惨白，双手哆嗦。"他们死了！他们死了！"他喊道。

马洛发现已无法维持秩序。他挤进围住吉布斯的一圈人中，追问道："谁死了？发生了什么事？"

"波特尔夫妇。两人都死了，我自己也差点儿遇害。"他稍微平静下来，讲述起经历。他们三人戴上面罩，通过气闸走出学校。波特尔太太没有费神观察四周，大步走到街道上，她的丈夫跟在身后。他们一踏出拱门，就被枪击中了。两人的尸首躺在学校前面的街上。"这是你的过错，"吉布斯看着马洛，尖声说，"你害得我们陷入困境。"

"稍等一下，"马洛说，"他们有没有做比彻要求的事？举起双手，一次一个？波特尔是不是携带了枪支？"

吉布斯摇着头，转过身。"那不是关键，"麦克雷忧虑地说，"我们在争辩的时候，比彻已经把我们包围了。我们出不去了。"

第十一章
围困

经过一番谨慎的调查，麦克雷说的可怕的消息很快得到证实。学校前后门都被枪手（恐怕是比彻手下的警察）的火力覆盖，他们能击倒任何从建筑物中出来的人，而他们自己却不会受到攻击。

学校离聚居地有一段距离，两者间没有相连的地道。学校也没有任何窗户。这里有数百名持有许可证的佩枪者，然而，外面的几个枪手（最多只要两人）就能把他们困在这儿。

麦克雷医生咆哮着让大家继续忙活起来。"在我着手组织人员之前，"马洛严肃地问道，"还有谁想要投降？我相当确信，波特尔夫妇受到枪击，是因为他们没有预先通知，径直走了出去。假如你们大声叫喊，挥舞一些白色的东西，我想对方会接受你们的投降。"

他等待起来。很快，一名男子和他的妻子一起起身，接着又有一对夫妇站起身。一些人稀稀落落地离开，他们离开时沉默不语。

等他们离开后，马洛指挥官忙活起人员安排的细节。他批准帕尔默太太担任食品供应部主管，委任医生为执行官，任命凯利为常务警卫官，负责内部警卫工作。萨顿和托兰被分配设计某种能挡住枪火的便携式护盾。吉姆兴奋而又期待地听着，直到父亲任命好排长之后，他才明白，父亲没打算让少年们参战。学校的男生被分为两个排作为后备力量，然后就解散了。

吉姆留下来，试图和父亲说话。最终，他设法引起了父亲的注意。"爸爸——"

"吉姆，现在不要打扰我们。"

"但是，爸爸，你吩咐我来见你，讨论让火星人帮助我们赶到科派斯的事。"

"火星人？哦——"马洛先生思考起来，然后说道，"忘掉那事吧，吉姆。在我们能从这儿脱身之前，那个计划或者其他任何方案都行不通。现在让我们关注眼下，去看看你的妈妈怎么样了。"

吉姆就这样被父亲打发了，闷闷不乐地转身离开。他离开时，弗兰克跟上来，挽住他的胳膊。"你知道吗，吉姆，你有时不像其他时候那样满嘴胡话。"

吉姆猜疑地打量他。"假如这是夸奖的话——谢谢了。"

"不是夸奖，吉姆，仅仅是实话。我极少赞同你那些令人厌烦的想法，但我这次不得不承认，你想出了一个聪明的点子。"

"别再长篇大论，直奔正题。"

"非常好。正题就是：当你提议让火星人帮助我们时，你的表现太绝了。"

"啊？好吧，谢谢赞许，但我自己不那么认为。正如爸爸指出的，在我们找到一个办法从这儿脱身、把老比彻打倒之前，我们没什么能做的。在这之后，我们不需要火星人的帮助了。"

"这话说得太早了。按照医生的说法，我们来分析一下处境。首先，你爸爸害得我们被困在这儿——"

"不许说我爸爸坏话！"

"我不是在指责你爸爸。你爸爸是个优秀的人，我老爸说他是一位优秀的科学家。但是，他过于绅士的做派害得我们被围困在这儿，逃不出去。提醒你一句，我不是在责备他，但这是眼下的处境。那么，他们对此做了什么？你老爸吩咐我老爸和那个无聊的托兰一起设计护盾，它类似于装甲，让我们能走出大门，进入开阔地带进行战斗。你觉得他们会成功吗？"

"我没有想过。"

"我想过，他们不会有什么好结果。我老爸是一位厉害的工程师，懂得很多。你给他提供设备和材料，他会给你造出任何东西。但是，他现在有什么设备和材料？他只有学校工场的设备，你知道那儿有多简陋。火星公司从未花钱为这里添置设备，那儿大概就适合制作书靠。材料呢？他们要用什么来制造护盾？用餐厅的桌面？一把热能枪会像切开奶酪一样切开它。"

"哦，一定有一些他们能用的东西。"

"你说说看。"

"好吧，你认为我们能做什么？"吉姆愤怒地说道，"投降？"

"当然不是。大人们墨守成规，现在是我们露一手的时候了——利用你的点子。"

"别再称之为我的点子了，我没有想出任何点子。"

"好吧，我会把功劳占为己有。我们传口信给壁虎，说我们需要帮助。他是我们的饮水之友，他会处理这件事。"

"壁虎能怎么帮助我们？火星人从不战斗。"

"没错，正如我们在解答几何题时运用的逻辑一样，由此定理得出，人类从来不对抗火星人，从来都不。比彻不可能冒着冒犯火星人的风险。人人都知道，当初火星公司花了多长时间才说服火星人，允许地球人在火星上定居。现在设想一下，二三十个火星人，或者只有一个，踩着重重的步子，到这个地方的正门口，比彻手下的警察会做什么？"

"啊？"

"他们会停火，肯定的。然后我们蜂拥而出，那就是壁虎能为我们做的事。他能解决眼下的困境，比彻会被迫撤掉枪手。"

吉姆考虑起来。弗兰克说得当然有道理。每个踏足火星的人都被灌输过这样的观念：一定不可以妨碍或激怒火星人，也不能侵犯火星人的风俗习惯，最重要的一点是不能伤害火星人。第一代地球人与火星人接触的经历让人痛苦，导致这成为在火星上拥有治外法权的聚居地的第一法则。吉姆无法想象比彻会违反这条规定，他也无法想象一名火星公司的警察会违反这条规定。在平时，警察的首要职责是监督这条规定的执行情况，尤其是来自地球的游客，决不允许他们接触火星人。

"你的想法只有一个问题，弗兰克。假定壁虎和他的朋友愿意过来救援我们，我们到底要如何让壁虎知道我们需要帮助？我们又不能打电话给他。"

"是的，我们不能，但那就是你发挥作用的地方了。你可以给他传一条口信。"

"怎么传？"

"威利斯。"

"你疯了！"

"我疯了吗？假设你走出那扇正门——砰！你就成了靶子。但假如威利斯出去呢？谁会对一只蹦蹦兽开枪？"

"我不喜欢这个点子，威利斯可能会受伤。"

"假如我们静待事态发展，什么都不做，你会希望它不如死了算了，因为比彻会把它卖到伦敦动物园。"

吉姆意识到这个令人不悦的可能性，回答道："不管怎样，你的计划充满漏洞。就算威利斯安全地到达外面，它也不可能找到壁虎，我们不可能指望它传递口信。它很可能只会唱歌，或复述医生的蹩脚笑话。我有一个更好的主意。"

"说出来看看。"

"我敢打赌，比彻的手下没有想到要监视垃圾桶。我会亲自传口信给壁虎。"

弗兰克思索起来，说："不行。即便他们没有监视垃圾桶，监视后门的人也能从拐角望见你。他们会在你爬起身之前抓住你。"

"我会等到天黑。"

"嗯……这有可能行得通，不过这事由我来干。我跑得比你快。"

"瞧瞧谁在说大话。"

"好吧，好吧！我俩一起干，相隔1小时。"弗兰克继续说，"但威利斯没有被排除在外，它也要尝试，我们中的一个也许能逃出去。现在稍等一下，你低估了你的小伙伴。我们可以先教它要说些什么，那会很容易。然后你吩咐它越过围墙进入火星人城市，拦下它碰见的第一个火星人，复述它要说的话。火星人会做剩下的事，因为我们会把所有要点都放进口信里。唯一的问题是，威利斯是否足够聪明得完成你吩咐的事——进入小瑟提斯的火星人城市。我对此严重怀疑。"

吉姆发怒道："你总是企图证明威利斯很笨。它不笨，你只是不了解它。"

"好吧，那么它到底能不能找到去往火星人城市的路，传递口信？"

"我不喜欢这个办法。"

"你是愿意让威利斯冒个小风险，还是让你妈妈和弟弟在南方移民地过冬？"

吉姆像他父亲那样咬住嘴唇，无奈地说："好吧，我们试试。我们去接威利斯。"

"别急。无论是你还是我，对火星人语言的了解都不足以起草我们想说的话。但医生可以，他会帮助我们的。"

"他是我唯一想托付这件事的大人，赶紧行动吧。"

他们顺利地找到麦克雷，但没法立刻和他说上话。麦克雷在通信亭里朝着屏幕咆哮。他们能听见部分对话——

"我想和罗林斯医生谈一谈。去找他，找他——不要光坐在那儿咬铅笔！告诉他，是麦克雷医生……啊，医生！……不，我刚到这儿……工作怎么样，医生？还在销毁你犯错的证据吗？……我们不是所有……对不起，我不能，我被关起来了……我说我被关——起——来——了……没有任何原因。是那个坏蛋比彻……是的，你没听说吗？整个移民地的居民都被围困在学校的红色宿舍里……假如我们探出脑袋，就会遭到枪击……不，我不是在开玩笑。你认识瘦子波特尔——不到两小时前，他和他的妻子遇害了。我没开玩笑。过来亲眼看看，是什么样的疯子在这儿统治着你们。我说——"

屏幕突然失去信号。麦克雷骂着脏话，拨弄控制开关，但什么变化都没有。

不久后，他确认设备的线路已经被彻底切断，只好走出通信亭，耸了耸肩。"他们终于听明白了，"他对着房间说道，"我已和三个关键人物谈过了。"

"你在做什么，医生？"吉姆问道。

"发起反击，在比彻背后搞些策反活动。到处都有好人，孩子，但你得向他们说明真相。"

"医生，你能为我们抽出一些时间吗？"

“需要我做什么？你父亲给我安排了不少事，吉姆。”

“这件事很重要。”他们把麦克雷请到一旁，向他解释他们的计划。

麦克雷若有所思。“这也许能行，值得试一试。利用不可侵犯火星人的想法很高明。然而，通过垃圾桶逃到外面的花招，假如你询问你的父亲，他会否决的。”

“你不能说服他吗？他会听你的。”

“我说的是‘假如你询问你的父亲’。难道我什么事都要帮你做吗？”

“哦，我明白你的意思了。”

“关于另一件事——找到小家伙，和我在C教室碰头。我将那间教室当作了办公室。”

吉姆和弗兰克随即离开，去找威利斯。吉姆发现他母亲和奥利弗在熟睡，他的妹妹和威利斯不见踪影。他起步要离开时，他的母亲醒来了。“吉姆？”

“妈妈，我没想吵醒你。菲莉丝呢？我想找威利斯。”

“你妹妹在厨房帮忙。威利斯不在这儿吗？它刚才还和我们一起在床上呀。”

吉姆再次环顾四周，但没发现威利斯的踪迹。“我去问菲莉丝，也许她回来带走了它。”

“它不可能走远。对不起，吉姆。”

“我会找到它的。”

他到了厨房，找到妹妹。“我怎么会知道？”菲莉丝抗议道，“我离开时，威利斯和妈妈在一起。”

"我让你照看它。"

"而我将它留给妈妈照看了，因为他们要我来厨房帮忙。别这么看着我。"

吉姆和弗兰克会合。"见鬼，他们没有看好威利斯。它可能在任何一个地方，我们现在必须找到它。"

花了一小时打听了数百次，他们坚信，假如蹦蹦兽还在学校的话，那么它已经找到一处十分特别的藏匿地点。吉姆非常气恼，以至于他完全忘记他们所有人还处在危险之中。

"这就是轻信别人的后果，"他怨恨地说道，"弗兰克，我现在该做什么？"

"我不知道。"

他们此刻在建筑物内距离他们寝室最远的一头。他们开始往回走向寝室，期望威利斯已经回来。当他们经过门厅时，吉姆突然停住脚步。"我听见了威利斯的声音！"

两人侧耳细听。"开门！"一个模仿吉姆的嗓音响起，"让威利斯进去！"声音通过扬声器传进来。

吉姆冲向气闸，被警卫拦下。"嘿，"他抗议道，"打开气闸门。那是威利斯。"

"更可能是个陷阱，退后！"

"让它进来。我告诉你，那是威利斯。"警卫没理睬他，而是启动了让气闸循环运转的开关。他让每个人后退到射程外，接着谨慎地从一侧看着大门，拔出手枪。

内侧门开启，威利斯摇摇摆摆地进来了。

威利斯对于整件事轻描淡写："吉姆走了，每个人都走了，威利斯自己出来转转。"

　　"你怎么到外面去的？"

　　"走出去。"

　　"但是你是怎么走出去的？"威利斯显然不明白那有什么困难的，它没有详述。

　　"也许它是在波特尔夫妇出去时走出去的？"弗兰克提出看法。

　　"也许吧。我想这无关紧要。"

　　"去见见大家。"威利斯主动说道。它报出一连串火星人的名字，又补充道："愉快的时光……饮水之友……给了威利斯很好的水，威利斯大口饮水。"它模仿吉姆发出咂嘴的响声，尽管它根本没有嘴唇。

　　"你一周前刚喝过水。"吉姆指责道。

　　"威利斯好伙计！"威利斯反驳道。

　　"稍等一下，"弗兰克说，"它刚刚和火星人在一起。"

　　"啊？就算他和埃及艳后在一起，我也不在乎。它不应该跑开的。"

　　"你还不明白吗？它能接触到火星人，它已接触过火星人了。我们要做的就是确保它传递一条口信给火星人，再由火星人传给壁虎。"

　　麦克雷听到这个主意后提起了兴趣。三人用英语写出一条口信，再由麦克雷翻译成火星语。口信是这么说的："你好，这是一条来自吉姆·马洛的口信，他是希尼亚城壁虎的饮水之友——"他们在这一句里插入希尼亚那个无法拼写、几乎发不出音的火星名字。"我的朋友的朋友，无论你可能是谁，恳求你将这条口信立刻传给壁虎。我陷入了大麻烦，需要你的帮助。"口信继续详细说明是什么样的大麻烦、谁是主谋、他们希望火星人对此做些什么。他们没有试着让口信像电报那么简明，因为威利斯的神经系统能像记忆10个单词那样轻松地记住1000个单词。

麦克雷翻译了口信，又训练吉姆如何读出口信，之后他们试图让威利斯牢记它要做些什么。威利斯很愿意配合，然而它对于任何问题都粗心大意、心不在焉的表现把三个人激怒到了几乎歇斯底里的程度。最终，威利斯看起来可以执行任务了：第一，至少当被问到它要做些什么时，它会回答"去见朋友"；第二，当被问到它会告诉他们什么时，它会复述口信作为回答。

"这也许行得通，"麦克雷判断道，"我们知道火星人拥有某种快速的通信方式，虽然我们从不知道是哪一种。假如我们这位圆滚滚的朋友没忘记它要做什么，以及它为什么出行……"

吉姆带着威利斯到了正门。在麦克雷批准后，警卫让他们通过。在气闸循环运转时，吉姆再次检查威利斯。蹦蹦兽似乎对于它得到的指示胸有成竹，然而它的回答显示出它一贯的跳跃思维。

吉姆留在门口，避开火力范围，而威利斯滚下台阶。波特尔夫妇依然躺在他们倒下的地方。威利斯好奇地看着他们，接着在街上走"之"字形路线，很快就从吉姆的视线内消失了。吉姆待在门框旁，视线被挡住了一部分。他那时强烈地希望，他能有一面镜子充当潜望镜。最终，他鼓起勇气，俯卧下来，从门的最底部偷看了一眼。

威利斯沿着街道走了好远的路，没有遭遇任何事。在街的远处，已经建起某种掩体。吉姆把脑袋向外多伸出几厘米，试图看清楚那是什么，这时他脑袋上方的门框一角冒出了一缕烟，他感觉到了差点儿击中他的一枪带来的电击感。他急忙缩回脑袋，重新进入气闸。

他产生了一种一切尽失的感觉，仿佛他再也见不着威利斯了。

第十二章
反击

对于吉姆和弗兰克来说，那天余下的时间在无聊中度过。在天黑之前，他们对于自己的计划什么都做不了。与此同时，移民地领导人之间进行了商讨，但讨论是非公开的，少年们无疑未受到邀请。

晚餐转移了他们的注意力，令他们感到高兴，这既因为他们饥肠辘辘，也因为晚餐意味着厨房很快会空无一人，通往垃圾桶的门也会敞开。或者说，他们是这么认为的。实际上，他们发现，负责厨房的女人们先是优哉游哉地打扫了整个厨房，接着像是要闲坐一整晚，边喝咖啡边聊起天来。

两个少年一次次找借口钻进厨房，但是借口变得越来越牵强，这引起了帕尔默太太的猜疑。

最后，吉姆跟着另一个少年进来，正寻思他这次要说些什么，却听见另一个少年说道："帕尔默太太，马洛指挥官送来他的问候，并想知道留一个值夜人为站岗的男人准备咖啡和三明治是否太过麻烦。"

"啊，没有的事。"吉姆听见帕尔默太太说道，"我们很乐意那么做。亨丽埃塔，你可否去外面找几位志愿者？我来值第一班岗。"

吉姆后退并回到弗兰克等待他的地方。"机会有多大？"弗兰克问道，"她们看起来随时会散去吗？"

吉姆没法告诉他机会有多大，或者更准确地说，机会有多么渺茫。"吉姆，我们该怎么办？"

"我不知道。也许等到只有一个人值班时，她可能会走出去。"

"也许我们可以用歌舞把她吸引出去。"

"也许吧。或者我们告诉她，指挥部要见她。那应该行得通。"

他们还在讨论，这时灯突然全熄灭了。

整个学校漆黑一片，黑暗得犹如在岩石的内部。更糟糕的是令人不安的寂静。吉姆刚刚意识到，声音的完全消失是因为空气循环的噪声没有了，更深层的原因是屋顶的增压器停止运转。这时一个女人开始尖叫。

另一个女人也跟着尖叫起来，音调更高。接着，黑暗中到处响起声音，有询问声、抱怨声、安抚声。

在少年们闲荡的走廊里，突然出现一点亮光，吉姆听见父亲的声音："所有人保持安静，不要激动，只是一次停电故障，耐心点儿。"

亮光向他们移动，突然照着他们。"你们小孩子上床睡觉。"吉姆的父亲继续往前走。在走廊的另一个方向，他们能听见医生的咆哮声，他在命令大家闭嘴和保持镇定。

吉姆的父亲折回来。这次听到他说："每个人都穿上户外服，把呼吸面罩戴到头上。我们尽量在几分钟内修复故障，但我们不想让任何人受伤，现在不要激动。这座建筑物内的气压会维持至少半小时，就算需要一点儿时间来修理故障，我们也仍然有足够的时间来为应对稀薄的空气做好准备。"

许多手电筒在各处亮起。很快，就算不包括教室，贯穿建筑物的走廊里也已经够亮了。走廊里挤满昏暗的身影，他们在费力地套上户外服。吉姆和弗兰克因为计划要溜到外面去，早就穿上了户外服，全副武装，也准备好了呼吸面罩。

"也许这次是大好时机。"弗兰克提议道。

"不，"吉姆答道，"厨房里依然有人，我能看见亮光。"

麦克雷沿着走廊走着。吉姆拦下他问："医生，要过多久才能恢复照明？"

麦克雷说道："你在说笑吗？"

"什么意思，医生？"

"灯不会亮了，这是比彻耍的花招，他在发电厂拉掉了给学校供电的总闸。"

"你确定吗？"

"没有停电，我们已经查过了。我很惊讶，比彻没有在几小时前使出这一招。换成我的话，我会在我们迁入这儿的5分钟后就那么做。但是你不要四处泄密，吉姆。你老爸在努力避免这些蠢蛋发脾气。"医生继续往前走。

虽然马洛指挥官再三向大家保证是停电，但真相很快

227

就变成了众所周知的事。气压缓缓下降，缓慢得必须提醒每个人调整好呼吸器，免得缺乏警惕的人被缺氧病悄悄缠上。之后，停电是暂时故障、随时可能修好的说法再也站不住脚了。建筑内的温度缓慢下降，虽然他们处在密闭保温的建筑内，没有被冻住的风险，但夜晚的寒意还是渗了进来。

马洛在门厅设立指挥部，用一支手电筒投下一圈光亮。吉姆和弗兰克在那儿徘徊，小心谨慎地潜回阴影里，不愿意错过任何可能发生的事，也不愿听从命令上床睡觉。而且正如弗兰克向吉姆指出的，他们寝室里的两张床被马洛太太、菲莉丝和奥利弗占用着。他俩谁也没有放弃尝试通过垃圾通道溜出去的想法，但他们心里知道，这地方太嘈杂，给不了他们行动需要的私密性。

移民地的一个水耕栽培业者约瑟夫·哈特利走向马洛。他的妻子跟在身后，手提的一只增压童床里装着他俩尚在襁褓中的女儿，增压器竖在童床透明塑料外壳上面，宛如烟囱。

"马洛先生——我是说马洛指挥官——"

"什么事？"

"你得做点儿什么，我们的孩子撑不住了，她患上了哮吼症，我们却帮不了她。"

麦克雷挤到前面来。"你应该早点带她来见我，约瑟夫。"他隔着塑料外壳查看了女婴，然后说道，"她看起来没事。"

"我告诉你，她生病了。"

"我碰不到她，做不了检查，没法测量她的体温，但她

228

看起来不像处在危险中。"

"你只是在安慰我，"哈特利生气地说，"她待在密封的童床里，你完全无法诊断病情。"

"对不起，孩子。"医生答道。

"说'对不起'毫无用处！得有人做些什么。这不能——"他的妻子拽了拽他的袖子，他转过身，夫妻俩抱在一起。他很快重新转过身："马洛指挥官！"

"在，哈特利先生。"

"你们其余人想怎样随便你们，但我已经受够了，我要为我的妻子和女儿着想。"

"决定权在你手上。"马洛固执地说道，突然转身离开。

"但——"哈特利刚开口就停住了，觉察到马洛不再听他说话。他看起来犹疑不定，他的妻子碰了碰他的胳膊，他又转过身，两人一起走向学校正门。

马洛对麦克雷说："他们期望我怎么做？创造奇迹吗？"

"正是那样，孩子。大多数人从未长大，他们指望爸爸给他们摘下天上的星星。"医生继续说，"尽管如此，约瑟夫还是意外地道出真相——我们得做些什么。"

"在萨顿和托兰有进展之前，我不知道还能做些什么。"

"你不能让大家再等下去了，孩子。无论如何，我们都得冲出这儿。理论上一个人能靠呼吸器存活好几天，但实际上那是行不通的，那也正是比彻预料到的情况。你不能让好几百号人躲在这个又黑又冷的地方，无限期地靠戴着面罩活下去。人们会恐慌。"

隔着面罩也能看出马洛很疲惫，他无奈地说道："我们没法通过地道离开。除了走正门，我们根本无法逃脱。而他们已经将枪炮对准了气闸门，逃出去等于自杀。"

"必须离开这里，孩子。我来打头阵。"

马洛叹气道："不，由我来。"

"不！你有妻子和孩子。而我没有家人，我已经多活了那么久，我都记不清年数了。"

"这是我的特权。这件事敲定了。"

"稍后再决定。"

"我说过，这件事敲定了，医生！"

他们的争论还没有结果，只见气闸的内侧门再次开启，哈特利太太跌跌撞撞地走进来。她手里抓着小童床，大声地啜泣。

波特尔夫妇和吉布斯的经历再度上演。麦克雷从正在啜泣的哈特利太太口中弄清了一些情况。哈特利夫妇十分谨慎，先是耐心地等待，接着大声表达了他们的投降意图，也展示了一支手电筒。然而对方没有回答，于是他们再次叫喊，接着哈特利举起双手，走下门槛，他的妻子用手电筒照亮丈夫。

他一跨出门口就被击倒了。

麦克雷把哈特利太太交给女人们照顾，接着出去侦察情况。他几乎转眼就回来了。"谁给我拿把椅子来。"他要求道，又环顾四周，"你，吉姆——快去拿。"

"出了什么事？"马洛问道。

"我马上就让你知道。我有所怀疑。"

"小心点儿。"

"所以我想要一把椅子。"

吉姆拿着一把椅子回来了，医生再次穿过气闸。差不多5分钟后他回来了。"这是一个陷阱。"他说。

"什么意思？"

"比彻没有安排手下整晚都待在室外，至少我这么认为。外面是一套自动化武器系统。他们在大门上安装了电子眼网。当你突破这个网时，会有一道激光射过来，假如你穿过门口，光束会命中你所在的位置。"他展示了椅子上的6处灼烧痕迹。

马洛检查起来。"但这不是关键，"麦克雷继续说，"这是自动化武器，参数不可变更。它击中的位置大约在门阶上方60厘米处，大约1.2米宽。一个成年人能匍匐穿过门口——假如他够镇定的话。"

马洛挺起腰杆。"演示给我看看。"

几分钟后他们回来了，携带的椅子上出现了更多的灼烧痕迹。

"凯利，"马洛轻快地说道，"我想要20名志愿者进行突围，把消息散播出去。"

自告奋勇的人至少有200个，难题在于如何甄选。弗兰克和吉姆都想参加，但吉姆的父亲只接受未婚的成年人，除了他自己这个已婚人士。他也拒绝麦克雷加入。

医生把吉姆拉到后面，跟他耳语："坚持一下。再过几分钟，就由我发号施令了。"

突袭队伍开始进入气闸。马洛转身对麦克雷说道："我们会前往发电厂。假如我们超过两小时还没回来，你就自己看着办。"他走进气闸，关上门。

气闸门一合上，麦克雷就说道："好了，再招募20名志愿者。"

凯利问："你不是要等待两小时吗？"

"你管好自己的事！等我离开这儿，你就是负责人。"医生转过身，朝吉姆和弗兰克点点头，"你俩跟着来。"麦克雷马上就召集好了队伍，显然他在马洛离去前就已经在脑海里挑好了人选。他们依次走进气闸。

等外侧门一打开，麦克雷就拿着手电筒照亮街面。波特尔夫妇和不幸的约瑟夫·哈特利的尸体躺在他们倒下的地方，但是街上不见其他人的尸体。麦克雷转过身，说道："把那把椅子递给我，我会示范一下这个机关的运作。"他把椅子伸到门外，立刻有两道与地面平行的激光掠过门口。在激光消失后，他们依然感到目眩，两条淡紫色的电离路径标示出突然出现又逐渐消失的激光的位置。

"你们会注意到，插入椅子的位置无关紧要。"医生说道，仿佛在给医学生们上课。他再次把椅子推到外面，上下移动。激光以瞬息的间隔反复出现，但总是出现在相同的位置，大约是在双膝和胸膛的高度。

"我认为最好的做法是让激光保持攻击状态。"医生继续说，"那么你们就能看清自己的位置了。第一个人！"

吉姆吞了口唾沫，走上前，或者说是被推上前。他盯着致命的激光围栏，弯下腰，以笨拙的姿势，极其小心地跨了过去。他向外走到街上。"动起来！"医生下令，"散开。"

吉姆沿着街道奔跑，感觉非常孤单却又十分兴奋。他在建筑物的尽头停下脚步，小心地绕过拐角向外张望。两边都没人。他停下来，在黑暗中等待起来，准备用手枪轰掉任何移动的东西。

他能看见自己的左前方有一个奇怪的装置，在好几个小时前，这玩意儿差点削掉他的头顶。现在看清楚了，激光是由这个装置发射的。

有人从他身后走上前来。他一转身，听见一个声音叫喊："别开枪！是我——弗兰克。"

"其他人呢？"

"他们正在过来。"

一道光照了照前方的建筑物，建筑物比射出激光的装置更远一些。弗兰克说："有人从那儿出来了。"

"你能看清他吗？我们应该开枪吗？"

"我不知道。"

又有人在他们身后的街道上狂奔。前方，从弗兰克看见人影的地方附近，一把热能枪在黑暗中闪现亮光，光束从他们旁边经过。

凭借纯粹的神经反射，吉姆开枪回击。他射中了发出亮光的地方。"你打中他了，"弗兰克说，"好伙计！"

"我打中了？"吉姆说，"我身后的伙计怎么样？"他发觉自己在颤抖。

"他现在在这儿。"

"是谁朝我开枪？"刚来的人说道，"他们在哪儿？"

"眼下哪儿都不在。"弗兰克答道，"吉姆打中了他。"弗兰克试图窥视面罩内的脸，但夜色太黑了。"你是谁？"

"斯迈思。"

弗兰克和吉姆都发出惊呼声——竟然是那个"奸商"斯迈思。"不要那样看着我，"斯迈思辩护道，"我在最后一刻跟上来，为了不让我的投资受损。你俩还欠我钱。"

"吉姆刚刚救了你一命，等于把欠债还清了。"弗兰克提议道。

"没门！那完全是另一码事。"

"以后还，以后还。"弗兰克说道。其他人跟了上来。很快，麦克雷气喘吁吁地跑过来，大声吼道："我告诉过你们这些笨蛋，要散开！"他喘着气，说道："我们去攻打火星公司的总部办公室。大家小步跑前进，不要凑在一起。"

"医生，"吉姆说，"前方那座建筑内有一些人。"

"什么人？"

"朝我们开枪的人。"

"哦，大家暂停。"麦克雷用沙哑的声音向他们发布命令，接着说道，"每个人都明白了吗？"

"医生，"弗兰克问道，"那边的激光炮怎么办？我们为什么不毁掉它？"

"我一定是老了才忘了这么重要的事，"麦克雷说，"这儿有谁懂技工的活，能悄悄靠近激光炮，把它破坏掉？"

黑暗中一个看不清脸的人自告奋勇。"去吧，"医生吩咐他，"我们会在这儿掩护你。"这个人小跑上前，绕到遮住固定式自动爆能炮的护盾背后，停下脚步。他忙活了几分钟，接着出现一道极其明亮的白色闪光。他小跑回来，说道："我让它短路了。我敢打赌，我烧断了发电厂里的每一台过载断路器。"

"你确认搞定了？"

"现在它什么都做不了了。"

"好吧。你——"麦克雷抓住一名队员的胳膊，"回去告诉凯利，大家可以安全地出来了。你——"他指向那名刚破坏激光炮的小伙，"绕到学校后面，看看能不能破坏那儿的激光炮。你们两个掩护他。剩下的人跟着我走，按计划攻占前方的建筑物。"

吉姆收到的任务是沿着建筑物的外立面悄悄靠近，在离门口大约6米远的地方占据一个掩护位置。他走过一片地面，刚才被他击中的男子就出现在那儿。人行道上没有尸体，他心想自己是不是没打中目标。夜色太暗，难以寻找血迹。

麦克雷给掩护组留出抵达各自位置的时间，接着发起正面攻击，由6个人作为支援，其中包括弗兰克。医生走向建筑物的入口，试了试外侧门。外侧门打开了。他打手势示意攻击组与他会合后，就走了进去。建筑物气闸的外侧门合拢了。

吉姆蜷缩成一团，靠着冰凉的墙壁，睁大眼睛，准备开枪。他感觉像是在寒冷中等待了几年。他开始幻想能在东方望见一些黎明的痕迹。最后他看见前方出现了一个轮廓，举起手枪，接着认出了医生的圆胖身材。

麦克雷控制住了形势。共有4名被解除武装的俘虏，其中一人由另外两人搀扶着。"带他们回学校。"医生命令一名队员，"他们之中谁要是做出奇怪的举动，就开枪射他。告诉学校里现在管事的人，把他们关起来。赶紧，伙计们。我们还有真正的任务。"

他们身后传来叫喊声，麦克雷转过身。凯利喊道："医生！等一下！"他跑过来追问道："计划是什么？"在他的身后，人们从学校里蜂拥而出，冲上街道。

由于有了更多枪支，麦克雷花了几分钟重新安排人员。一名排长——一个名叫阿尔瓦雷斯的土木工程师，被留在学校里当负责人。他得到的命令是在建筑物外保持警戒，和侦察员一起巡查周围。凯利被分配了占领通信楼的任务，通信楼位于聚居地和太空港中间。它对于控制整个形势而言是个关键，因为通信楼里不仅有本地电话交换机，还有连接火卫二的无线电链路，能连接火星上的其他所有前哨基地，还有为从地球飞来的飞船准备的雷达信标和其他辅助设施。

麦克雷把占领行星办公室（火星公司在火星上的总部，也是比彻的指挥部）的任务留给了自己。常驻总代理人的个人公寓在同一座建筑物内，医生期待能与比彻本人搏斗一番。

麦克雷派了一队人去发电厂增援马洛，又喊道："在我们全冻死之前，赶紧出发吧。赶快！"他迈着沉重的步伐，在最前面带路。

吉姆在队伍里找到弗兰克，与他会合。"什么事让你们在那座建筑里待了那么久？"他问道，"是不是发生了打斗？"

"待了那么久？"弗兰克说，"我们在里面没超过两分钟。"

"但你们一定——"

"别在后面聊天！"医生大声喊话。吉姆闭上嘴，思忖起来。

麦克雷让他们从冰面穿过主干运河，避开可能成为陷阱的拱桥。他们两两结队穿过运河，后面的人为过河的人做掩护；反过来，已经过河的人散开来，掩护那些尚需过河的人。整个过河的一幕像慢动作，如同梦魇。人在冰面上走时是一个完美的靶子，然而要加快速度是不可能的。吉姆想念起他的冰鞋。

到了河对岸，医生把他们聚拢在一座仓库的阴影中。"我们会绕到东面，避开聚居地的住房。"他用沙哑的嗓音小声告诉众人，"从这儿开始，务必保持安静——为了你们的性命着想。我们不会兵分几路，因为我不想你们在黑暗中朝彼此开枪。"他阐明了包围建筑物和控制所有出入口的计划，麦克雷本人和大约一半人手尝试强攻正门。

"当你们绕到后面，与敌人接触时，"麦克雷提醒夹击组和掩护组的负责人，"你们可能会难以分辨敌友。小心点儿。接头暗号是'火星'，回答则是'自由'。"

吉姆被分在攻击组。医生部署6个人以扇形队形围住正门，保持二十几米远的射程，并让他们尽可能地寻找掩护。3个人被部署在门前的开阔斜坡上。医生让他们卧倒，稳稳地架住枪支。"一旦发现可疑目标，尽管开枪，"他命令他们，"其他人跟我来。"

吉姆在最后一批人中。麦克雷走向外侧门，试着打开，但显然门被锁住了。他按下信号开关，等待起来。

什么都没发生。麦克雷再次按下开关，朝着扬声器格栅心平气和地喊道："让我进去。我有一条给常驻总代理人的重要信息。"

依旧什么都没发生。麦克雷改变语气，佯装恼怒道："请快点儿！我在这儿快冻死了。"

大门依然黑漆漆的，寂静无声。麦克雷又换成挑衅的口吻："好了，比彻，开门！我们把这个地方包围了，准备炸掉大门。在我们开始进攻前，你有30秒时间。"

时间一分一秒地流逝。医生对吉姆嘀咕："我真希望这是实情。"他接着抬高音量，说道："时间到了，比彻。你没有机会了。"

气闸内的压缩空气开始逃逸，大门发出咝咝声，气闸开始循环运转。麦克雷示意大家稍稍退后。他们屏息等待着，拔出所有手枪，瞄准大门将打开的位置。

接着，大门开启了，一个人影站在门内，气闸的灯光在他背后照耀。"别开枪！"一个坚定、悦耳的嗓音说道，"没事了。一切都结束了。"

麦克雷望着人影。"啊，罗林斯医生！"他说道。

第十三章
最后的通牒

罗林斯和另外五六个尝试与比彻讲道理的居民已经被囚禁了半个晚上。随着消息传开——尤其是波特尔夫妇死亡一事，比彻发觉，除了他那帮只会阿谀奉承的手下，以及火星公司公事公办但很大程度上漠不关心的警察们，他根本得不到支持。

就连克鲁格也在过度紧张下妥协了，试图让比彻改变决定。不过很快他就和其他异议者一起被关了起来，异议者中还有发电厂的总工程师。然而，是罗林斯医生说服看守，让他冒着失去工作的风险，放他们离开的——医生在为看守的妻子治病。

"我想，就算我们让比彻回到地球上，他也不会受到审判的。"麦克雷向罗林斯和马洛评论这件事，"你有什么想法，医生？"

三个人坐在行星办公室大楼的外侧办公室里。马洛在发电厂收到麦克雷传的口信后赶到这儿，立刻忙活起来，给大气项目营地和其他偏远地区（包括北方移民地）写急件，试图把船只集中起来。他因为缺乏睡眠而两眼通红，思维迟钝，但仍试图给地球写一份合适的报告，直到麦克雷打断他，坚持让他休息。

"偏执狂？"罗林斯说道。

"症状明显。"

"我同意。我早已看到一些迹象，但直到他的意志受到阻挠，病情才完全发作。他必须被收治入院，限制行动。"罗林斯医生回头看了一道紧闭的房门，门后面关着比彻。

"当然，当然，"麦克雷赞同道，"但不专业地说一句，我宁愿看到这个没用的家伙被吊死。偏执狂是一种只有那些品德不良的人才会罹患的病症。"

"别这么说，医生。"罗林斯反对道。

"那是我的观点，"麦克雷坚持己见，"我已经在医院内外见过许多案例。"

马洛放下咖啡杯，抹了抹嘴。"所有这些都是可能的情况。我想，我要躺到一张桌子上睡两个小时。医生，到时你能派个人来叫醒我吗？"

"当然。"麦克雷应允下来，心中却打算让马洛充分休息好后再叫醒他，"不用担心。"

吉姆和其他人回到学校，他们要在那儿待到船只能带着他们前往科派斯为止。帕尔默太太和助手们忙里忙外，为疲惫的男人和少年们端来丰富的早餐。吉姆又累又饿，尽管外面已经破晓，但他兴奋得睡不着觉。

他刚拿到一杯咖啡，正在吹着热气，斯迈思就出现了。

"嘿，听说你真的杀掉了那名朝我胡乱开枪的警察。"斯迈思说道。

"不，"吉姆否认道，"他现在在医务室里，只是受伤了。我刚才看到他了。"

斯迈思神情烦恼。"哦，好吧，"他最终说道，"这种事一辈子也不会有第二次了。这是你的欠条。"

吉姆盯着他，说："斯迈思，你真大度。"

"大概吧。你最好收下它。"

吉姆在记忆中搜寻，引用了父亲的话："不必了，谢谢。马洛家的人欠债必还。"

斯迈思看着他，又说道："随便你，你这个没礼貌的讨厌鬼！"他把欠条撕成碎片，阔步离开。

吉姆纳闷地看着他的背影。"他为什么气恼呢？"他决定去找弗兰克，告诉他这件事。

他找到弗兰克，但还没来得及说，人群中就传来一声叫喊："马洛！吉姆·马洛！"

"马洛指挥官在行星办公室。"有人答道。

"不是他，是那个小孩，"第一个声音答道，"吉姆·马洛！前面有人找你，立刻过来。"

"我来了。"吉姆喊道，"有什么事？"他挤过人群，走向正门入口。弗兰克跟在他后面。

呼叫吉姆的男子等他靠近后才答道："你不会相信的，我自己也不信。是火星人。"

吉姆和弗兰克赶忙到了外面。学校正门前聚集了十多个火星人。其中有壁虎和格库诺，但不见克彭克。吉姆也没有发现那名老火星人的身影，他认为老火星人是壁虎所属部落的酋长。壁虎发现他们，用火星人的语言说道："你好，吉姆·马洛，你好，弗兰克·萨顿，一起饮水的朋友们。"

另一个声音从壁虎的一片掌叶里传出来："嗨，吉姆伙计！"或许有些迟，但威利斯成功地完成任务回来了。

威利斯的声音隆隆地响起，壁虎细细听着，然后说："偷走我们小家伙的人在哪里？"

吉姆对于火星语不太吃得准，不确定他刚刚听到的内容："啊？"

"他想知道豪在哪里。"弗兰克说道，又用相当准确的火星语流利地回答。尽管受到多次邀请，但豪依然躲在办公室里，依然害怕面对凯利。

壁虎示意他要进入建筑内。少年们虽然吃惊，但配合地让壁虎进去了。为了进入气闸，壁虎被迫将自己折叠成类似帽架的形状。他做到了，气闸足够大。到了学校里，火星人的外表引起了轰动，效果无异于牵着一头大象进入教堂。大家纷纷为火星人让路。

外侧办公室的房门比气闸更加逼仄，但壁虎还是成功通过了，吉姆和弗兰克跟在他后面。壁虎把威利斯交给吉姆，接着用一片掌叶轻轻摸索豪办公室的门把手。他突然拉了一下，不仅门锁坏了，房门也完全脱落了。他又蹲下来，身体填满了门框。

少年们对视了一眼，威利斯缩起所有凸出物。他们听见豪在说："这是什么意思？你是谁——"

接着，壁虎在这间为人类建造的房间里尽可能地站起身，走向外侧办公室的房门。少年们犹豫不决。"我们去看看他对豪做了什么。"弗兰克提议，接着他走向被毁坏的房门，看了一眼，"我没看见他。吉姆，豪根本不在这儿。"

壁虎也不在这儿。

他们赶紧去追壁虎，在气闸那儿追上了他。没人拦下壁虎，因为没人会拦下火星人，大家都为火星人让出一条路。到了外面后，壁虎转身问他们："另一个会伤害小家伙的人在哪儿？"

弗兰克解释说，比彻在离这儿有点距离的地方，而且现在见不着他。

"你会带着我们去的。"壁虎说道，托起两人。另一个火星人从他手上接过弗兰克。

吉姆被捧在柔软的掌叶中，而威利斯依然在吉姆的臂弯里。威利斯伸长眼柄，环顾四周，说道："坐得很舒服，对吧？"但是吉姆并不确定。

火星人以三四米每秒的速度稳稳地穿过城镇，过了拱桥，到达行星办公室。那儿的气闸比学校的气闸高，也更大，整支火星人队伍都走了进去。入口大厅的天花板相当高，甚至足以让最高的火星人站直。他们进入大厅后，壁虎放下吉姆，托着弗兰克的火星人同样放下弗兰克。

和在学校时一样，火星人引起了大家的惊异。麦克雷走出来，平静地查看情况。"这么闹腾是怎么回事？"他问道。

"火星人想要与比彻谈谈。"弗兰克解释道。

麦克雷扬起眉毛,用清晰的火星语讲起来。一名火星人回答了他,两人一来一回地交谈着。"好吧,我会带他出来。"麦克雷应允道,又用火星语重复一遍。他走进办公室,几分钟后回来了,推着身前的比彻,身后则跟着罗林斯和马洛。"有人想见你。"麦克雷说道,又用力推了一下比彻,让他跌坐到大厅的地板上。

"这就是那位?"火星人的发言者询问道。

"确实就是那位。"

比彻抬头看着火星人。"你们找我干什么?"他用基本英语说道。火星人移动位置,包围住比彻。"你们离我远点儿!"他说道。火星人慢慢靠拢,圈子越来越小。比彻试图突围出去,一只大掌叶挡住了他的前路。

火星人进一步靠拢。比彻向多个方向猛冲,接着他被由掌叶组成的屏障围住,以至于旁观者完全看不见他。"让我出去!"大家听见他在叫喊,"我没有做任何事,你们无权——"他的声音在一声尖叫中停止了。

火星人组成的圈子渐渐散开。圈子内没有任何人,地板上甚至没有一点儿血迹。

火星人走向门口。壁虎停下脚步,对吉姆说道:"你会和我们一起回去吗,我的朋友?"

"不——哦,不,"吉姆说,"我得待在这儿。"接着他才记起要把自己的话翻译成火星语。

"小家伙呢?"

"威利斯和我待在一起。对吧，威利斯？"

"当然，吉姆伙计。"

"那么去告诉壁虎。"威利斯照做了。壁虎哀伤地与少年和威利斯道别，继续走出气闸。

麦克雷和罗林斯待在比彻消失的地点，悄声低语，神情担忧。马洛指挥官听着两人讲话，看起来既疲倦又困惑。弗兰克说："我们离开这儿吧，吉姆。"

"好的。"

火星人依然在外面。他们出来时，壁虎看见他们，跟另一名火星人说了句话，然后说道："会说我们语言的博学者在哪儿？我们想与他谈谈。"

"他们想要见医生。"弗兰克说。

"那是他的意思？"

"我想是的。我们去叫他。"他们回到里面，从一群兴奋的人中找到麦克雷。"医生，"弗兰克说，"他们想与你聊聊——火星人。"

麦克雷问："为什么是我？"

"我不知道。"

医生转身面对马洛。"怎么样，头儿？你想旁听吗？"

马洛先生抚摩额头。"不，我光是应付火星语就已经晕头转向了。你去吧。"

"行。"麦克雷去拿来他的户外服和面罩，让两个少年帮他穿上，当两人跟着去时，他也没有拒绝。然而，一到外面，两个少年就停住了脚步，隔着一段距离观望。

麦克雷走向站在斜坡上的那群火星人，向他们致意。火星人用隆隆的声音回应了他。他进入那群火星人中，少年们看见医生在交谈、回答、做手势。会谈持续了相当久。

　　最后，麦克雷放下胳膊，露出疲惫的模样。火星人的声音隆隆响起，显然是在道别，接着那群火星人迈着从容的步伐，踏过桥梁，快速向火星人的城市走去。麦克雷迈着沉重的步伐，转身往斜坡上方走。

　　通过气闸时，吉姆追问："这到底是怎么回事，医生？"

　　"保持安静，孩子。"

　　进去后，麦克雷拉住马洛的手臂，领着他走向他们占用的办公室。"你也过来，罗林斯。剩下的人，继续做自己的事。"然而，两个少年跟着过去了，麦克雷没有阻拦。"你们不妨听一下，因为你们也参与了这件事。注意那扇门，吉姆。不要让任何人打开它。"

　　"现在是什么情况？"吉姆的父亲问道，"为什么你的神情这么严肃？"

　　"他们想让我们离开。"

　　"离开？"

　　"离开火星，回地球。"

　　"什么？他们为什么有这样的提议？"

　　"这不是提议，这是命令，是最后的通牒。他们甚至不想给予我们足够的时间，以便飞船从地球来到火星接人。他们想要我们离开，每个男人、女人和小孩都得走。他们想要我们马上离开——他们没在开玩笑！"

第十四章
真正的身份

四天后，麦克雷跌跌撞撞进入同一间办公室。马洛依旧一脸疲惫，但这次麦克雷显得精疲力竭。"让其他人离开这儿，头儿。"

马洛让众人离开，关上房门，问："怎么样？"

"你收到我的消息了吗？"

"收到了。"

"《自治宣言》写好了吗？大家支不支持？"

"是的，写好了。"

"通过了吗？"

"得到了批准。在这儿很容易。大气项目营地那边有不少人很惊讶，不停地询问，但他们还是接受了。我想，我们在这件事上欠比彻一份致谢词，他让独立看着像个好主意。"

"我们什么都不欠比彻！他差点儿害死我们所有人。"

"你这是什么意思？"

"之后我会告诉你的，但现在我想先了解《自治宣言》的情况。我得做出一些承诺。发出去了吗？"

"昨晚用无线电发给了芝加哥，还没有收到回复。但是让我提个问题：你成功了吗？"

"是的，"麦克雷疲惫地揉着双眼，"我们能待下去。他们会让我们待下去。"

马洛站起身，开始设置一台钢丝录音机。"你要不要对着录音机讲一遍？免得你还得重复。"

麦克雷挥挥手拒绝了。"不，无论我进行什么正式报告，都必须非常仔细地编辑。我会先口头告诉你。"他停下来，若有所思，"詹姆斯，从人类第一次登陆火星算起，已经过去多久了？有50多个地球年了吧？我相信，我在过去几小时里了解到的关于火星人的知识，超过我在50多个地球年里获知的一切。然而，我对于火星人还是知之甚少。我们一直把他们想成人类，以为他们和我们相似。但他们不是人类，他们和我们完全不一样。"

他补充道："他们在数百万年前就拥有了行星际飞行技术……拥有过，但又放弃了。"

"为什么？"马洛问道。

"这无关紧要。这只是我和老者谈话时碰巧发现的真相之一，这个老者就是吉姆所称的老火星人。顺便提一句，吉姆那时看见的是幻象，他压根不是火星人。"

"稍等一下——那么他是什么？"

"哦，我猜想他当然是火星原住民，但他不是你和我所指的那类火星人。至少他在我看来不像火星人。"

"他是什么模样？描述一下。"

麦克雷一脸迷惑。"我描述不了。也许吉姆和我都只看见了他想要我们看见的形象。别管了。威利斯得回到火星人那儿去，而且要尽快。"

"我很遗憾，"马洛答道，"吉姆不喜欢那样做，但假如这么做会让火星人高兴，那么就不是高昂的代价。"

"你不明白，你根本没明白。威利斯是整件事的关键。"

"它当然被牵连进了这件事，"马洛赞同道，"但为什么说它是关键？"

"威利斯是雌性。我自己都犯错了，真是要命的习惯。"

"我不在乎小家伙是什么性别。继续说。"

麦克雷抚摩起太阳穴。"那是麻烦所在。这件事非常复杂，我不知道该从何说起。威利斯很重要，它的性别关系重大。你瞧，詹姆斯，你会在历史中作为火星国之父而流芳百世，这一点毫无疑问，但是我私下告诉你，功劳应该归于吉姆，他才是这个国家的大救星。移民者到现在还活着，要直接归功于吉姆和威利斯——威利斯对于吉姆的爱，以及吉姆坚定地把威利斯当成朋友。让地球人离开火星的最后通牒是火星人因为吉姆而做出的让步，火星人本打算将我们斩草除根。"

马洛惊讶得张大嘴巴。"但那是不可能的！火星人不会做那样的事！"

"有可能，而且他们会那么做，"麦克雷平淡地陈述道，"长期以来，火星人一直对我们持怀疑态度。比彻想把威利斯送往动物园的念头令火星人震怒，但吉姆与威利斯的关系平息了火星人的怒火，火星人妥协了。"

"我不敢相信他们会那么做，"马洛反对道，"我也不知道他们会怎么做。"

"比彻在哪里？"麦克雷直言道。

"嗯……懂了。"

"所以不要讨论火星人能做什么或者不能做什么。我们对他们一点儿都不了解……什么都不了解。"

"我无法与你争辩。但你能否解释一下吉姆和威利斯关系的谜团？火星人为什么这么在乎威利斯？说到底，它只是一只蹦蹦兽。"

"我无法解释清楚。"麦克雷承认道，"但我一定能用某些理论来讲一讲。你知道威利斯的火星名字吗？你知道它是什么意思吗？"

"我不知道它有火星名字。"

"它的意思是'世界的希望寄托在其身上'。这让你联想起什么？"

"天哪，没有！这听起来像救世主的名字，而不是蹦蹦兽的。"

"这话一点儿也不夸张。不过，也许是我翻译得太差了。它的意思兴许是'年轻的希望'或仅仅是'希望'。也许火星人喜爱诗意的含义，就像我们一样。以我的名字'唐纳德'为例，它的意思是'世界统治者'，我的父母当然没能如愿。或者，火星人喜欢给蹦蹦兽取漂亮的名字。不管你相不相信，我曾经认识一条狮子狗，它名叫'贝尔维德尔王子'。"麦克雷突然吃惊道，"你知道吗，我刚记起那条狗的小名就叫威利斯！"

"难以置信！"

"信不信由你。"医生挠着下巴的胡茬，想起他应该要刮胡子了，"但这不是巧合。当初是我向吉姆提议蹦蹦兽叫'威利斯'这个名字，我那时大概想起了那条狮子狗。迷人的小家伙，会瞪大眼睛看着你，正像威利斯——我们的威利斯。说这些话的意思是，无论是哪个'威利斯'，名字不一定有什么意味。"

医生坐了好久，一声不吭，于是马洛说："你解释谜团的速度不是非常快。你认为威利斯的真名有特殊的含义，对吧？否则你不会提起这个话题。"

麦克雷猛然坐直，说："是的，我确实那么认为。我想，威利斯类似于火星人的女王储。你认为威利斯是什么？"

"我？"马洛说，"我认为威利斯是一种奇异的火星动物，拥有半智慧，能适应环境。"

"净说大话，"医生抱怨道，"我认为，威利斯就是火星人发育长大之前的模样。"

马洛露出苦恼的神情，说："两者的结构不存在相似性。他们就像粉笔和乳酪一样迥异。"

"的确如此，那么毛毛虫和蝴蝶有什么相似性？"

马洛张开嘴又合上了。"我不怪你。"麦克雷继续说，"我们从未将这样的蜕变与高等生物相联系，不管这儿的高等生物指哪些。但我认为那就是威利斯的真正身份，看起来也是威利斯在不久后得回到它的族人那儿的原因。现在威利斯处在幼虫时期，即将进入蛹阶段，类似于漫长的冬眠。当它破壳而出时，它会成为一个火星人。"

马洛咬住嘴唇，说："这套说法没有不合理之处，只是令人诧异。"

"和火星有关的一切都令人诧异。另一件事是，我们从始至终都没能在这颗星球上发现任何类似于两性的东西——有各种不同的物种结合，但没有两性。在我看来，是我们遗漏了。我想，所有幼虫时期的火星人，也就是蹦蹦兽，都是雌性，而所有的成年火星人都是雄性，他们的性别会改变。当然，因为缺少更准确的词汇，我就使用了这些词汇。但假如我的推测正确——提醒你一句，我没有说它一定正确——那么它也许解释了威利斯为什么是一个如此重要的角色。"

马洛疲倦地说："你让我一下子消化太多内容。"

"要努力跟上红皇后①。我还没有说完。我想，火星人还有另一个时期，也就是和我交谈过的老者所在的时期。我认为那是最古怪的时期。詹姆斯，你能否想象，一个种族和天堂——他们的天堂——有着紧密和日常的联系？"

"医生，我能想象到你试图让我想象的一切。"

"我们谈到火星人的异世界，它对你来说意味着什么？"

"不意味着什么。那大概是某种恍惚状态，就像我们的

---

① 在小说《爱丽丝镜中奇遇》中，红皇后对爱丽丝说："在这个国度中，你必须不停地奔跑，才能使你保持在原地。"1973年，美国芝加哥大学进化生物学家利·范·瓦伦提出红皇后假说，用以解释他所观察到的物种恒定灭绝风险定律：不进即是倒退，停滞等于灭亡。

冥想。"

"我之所以这么问你，是因为我和异世界的老者交谈过。詹姆斯，我想我是和一个鬼魂协商了我们的新移民条约。"

"现在听好了，"麦克雷继续说，"我会告诉你原因。我和他的协商没有进展，于是我改变了话题。顺便提一下，我们用基本英语对话，他早已抓取过吉姆大脑中的信息。他知道吉姆可能知道的每个单词，而对于吉姆不可能知道的单词就一无所知。为了便于讨论，我让他假定我们将被允许留下来。在这种情况下，火星人会不会允许我们使用他们的地铁系统到达科派斯呢？我乘坐那种地铁到了会谈地点。那是非常聪明的设计，加速度总是向下，好像房间装在平衡环上。老者难以理解我想要的东西。接着，他向我展示一个火星仪，非常逼真，只不过上面没有运河。那时壁虎和我在一起，就像他之前陪着吉姆一样。老者和壁虎进行讨论，他们谈话的要点是'我现在在哪个千年期'。接着火星仪在我眼前一点点地改变了。我看见运河在火星的表面上扩张。我看见运河被建起，詹姆斯。"

"现在我来问你，"他总结道，"什么样的人会想不起自己活在哪个千年期？假如我称他为鬼魂，你会介意吗？"

"我什么都不介意。"马洛让他放心，"也许我们都是鬼魂。"

"詹姆斯，我已经给了你一种推测，下面是另一种推测：蹦蹦兽、火星人和老者是完全不同的种族。蹦蹦兽是三等公民，火星人是二等公民，而真正的统治者我们就从未见过，因为他们生活在地下深处。只要我们循规蹈矩，他们就不在乎我们对火星表面做些什么。我们能使用公园，甚至能行走在草地上，但我们不能惊吓鸟儿。也许，老者只是壁虎用在我身上的催眠术，也许仅有蹦蹦兽和火星人，而蹦蹦兽对于火星人而言具有某种神话意义。你去想吧。"

"我想不了，"马洛说，"对于你谈好了一份允许我们留在火星上的协议，我已经很满足了。我想，我们要到多年以后才能弄懂火星人。"

"詹姆斯，你说得保守了。在哥伦布到达美洲的500年后，白人仍然在研究印第安人，试图弄明白印第安人行为背后的原因。而印第安人和欧洲人都是人类，就像两粒豌豆一样。这些是火星人。我们永远都不会理解他们，我们甚至没有朝着相同的方向进化。"

麦克雷站起身。"我想要洗个澡，睡一会儿……但要在我见过吉姆之后。"

"稍等一下，医生。你认为，我们让这份《自治宣言》生效时会遇到真正的麻烦吗？"

"它必须生效。人类和火星人的关系远比我们想象的微妙。遥领制度不切实际。试想一下，难道要让地球上那些从未见过火星人的董事会成员进行投票，试图解决眼下这样的争端？"

"我不是指这个。我们会碰到多少人反对？"

麦克雷再次挠起下巴。"以前人们不得不为自己的自由而战斗，詹姆斯，现在得由我们来说服地球上的人类，自治是必需的。随着地球上的食物和人口问题日益严重，一旦他们明白我们面对的情况，为了维持和平，继续进行火星移民，他们会采取一切必要的措施。他们不想任何事拖延大气项目。"

"我希望你是对的。"

"从长远来看，我必须是对的。我们已经让火星人选中我们的队伍。我要去把消息告诉吉姆了。"

"他不会喜欢这个消息的。"吉姆的父亲说。

"他会克服的。他大概会发现另一只蹦蹦兽，教会它英语，也把它叫作威利斯。接着，他会长大，不再拿蹦蹦兽作为宠物。它会变得不再重要。"麦克雷若有所思，又说道，"但是，威利斯会怎么样呢？真希望我能知道。"

吉姆平静地接受了这个消息。他接受了麦克雷删改后的解释，点着头说："假如威利斯必须冬眠，那就这样吧。等火星人过来接威利斯时，我不会大吵大闹了。只有豪和比彻才无权带走威利斯。"

"是这样。威利斯跟着火星人一起走对它有好处，因为当威利斯需要照顾时，他们知道如何照顾好它。你和火星人在一起时，你都看见了。"

"是的。"吉姆又问道，"我能去探望它吗？"

"它不会知道你过来，它会处在休眠中。"

"好吧——你瞧，当它醒来后，它会认出我吗？"

麦克雷神情凝重。他已经问过老者同一个问题。"是的，"他诚实地回答，"它的所有记忆会原封不动。"他没有把剩下的答案告诉吉姆——转变期会持续40多个地球年。

"好吧，那么不会太糟糕。反正我眼下在学校里会非常忙碌。"

"就是要有这种心态。"

吉姆找到弗兰克，两人回到他们过去的寝室——吉姆的妈妈和妹妹眼下不在那儿。吉姆将威利斯抱在臂弯里，将医生告诉他的事转述给弗兰克。威利斯在一旁听着，但这番谈话显然超出小火星人的理解程度，它没有发表评论。

很快，威利斯就走神了，开始唱歌。威利斯选择的是它上一次听到过的音乐，也就是弗兰克送给吉姆的探戈舞曲。

当威利斯唱完后，弗兰克说道："你知道吗，威利斯唱这首歌的时候，听上去完全像个女孩子。"

吉姆咯咯笑起来。

威利斯露出愤慨的模样。"威利斯好伙计！"它坚称道。

关于作者及其作品

罗伯特·海因莱因（Robert A. Heinlein，1907—1988）是20世纪重要的科幻作家之一，被誉为"美国现代科幻小说之父"，与艾萨克·阿西莫夫和阿瑟·克拉克并称为"科幻小说黄金时代三巨头"。

海因莱因的作品以丰富的想象力、对科技与社会的关系的深入探讨，以及对未来世界的独到见解而闻名。他重新定义了科幻写作，将科幻文学作为探讨社会、政治和人性问题的一种工具，通过构建未来世界的方式，表达了对现实世界的深刻见解和批判。他的小说涵盖了广泛的主题，包括太空探索、个人自由、性别角色、人类的生存与发展等。他的写作风格明快、风趣、引人入胜，避免冗长的陈述和解释，能够将复杂的科学理念以通俗易懂的方式呈现给读者。其代表作《异乡异客》《星河战队》《严厉的月亮》等，不仅获得了多项科幻文学奖，也成为科幻文学领域的经典之作，影响了后来一代又一代的作家和读者。

海因莱因共获得4次星云奖提名和11次雨果奖。星云奖奖项主办方美国科幻和奇幻作家协会更是于1974年将首届大师奖授予海因莱因，并于次年正式颁奖，以表彰其在科幻奇幻领域的终身成就与贡献。

《火星少年》是一部关于火星移民的经典科幻小说，首次出版于1949年。故事的背景设定在未来的火星上，描述了两名少年与一只火星生物的冒险经历。

　　火星上的大部分人类定居点都是由火星公司管理的，而火星公司在地球政府的控制下运作，给移民地居民带来了很多限制和不公平待遇。火星移民与地球上的统治者之间关系紧张。

　　火星上气候恶劣，移民地居民在每个火星年的冬季都会进行迁徙。在这一年的迁徙开始之前，吉姆和弗兰克前往寄宿学校就读，吉姆也带上了威利斯。威利斯是一种罕见的火星生物，拥有记忆任何声音并完美再现对话的特殊能力。

　　由于不合理的校规，吉姆冒犯了校长，校长继而扣押了威利斯，把它关在自己的办公室里。两名少年在救出威利斯后，通过威利斯的"录音"功能，意外地发现了校长的目的和火星公司的阴谋。移民地居民的安危受到了威胁，他们决定采取行动。在这个过程中，他们遇到了各种挑战，包括与公司代表的斗争，以及火星上严酷的自然环境带来的种种危险。

　　在居民们被围困的时候，威利斯受托前往火星人的城市寻求帮助。它与吉姆之间的友谊，使得危机解除后居民们能继续留在火星上。

　　海因莱因丰富的描述和细致的世界构建，为读者展现了一个既熟悉又陌生的火星世界。火星的风景、生物及火星人的文化都被生动地描绘出来，为故事增添了特别的魅力。透过吉姆和弗兰克的视角，海因莱因探讨了友谊、勇气和正义、权力和自由、责任和成长的主题，同时对移民、环境保护和跨种族理解等问题进行了深刻的思考。这些使《火星少年》不仅仅是一部激动人心的科幻小说，也是一部引人深思的文学作品。

推动人类实现登月梦想的科幻小说

★ "科幻小说黄金时代三巨头"之一海因莱因经典少年科幻作品

★ 作者获 11 次雨果奖、美国科幻与奇幻作家协会首届大师奖

★ 改编的电影《登陆月球》成为 20 世纪第一部现代科幻电影

★ 《装在口袋里的爸爸》作者杨鹏作序推荐

为了实现登月梦想,卡尔格雷福斯博士和三个热爱火箭的男孩一起经过艰苦卓绝的努力,成功地把一枚火箭改造为一艘可以登月的飞船,将其命名为"伽利略号"。三天后,他们顺利登陆月球,建立基地。当他们尝试与地球通信时,却收到了来自月球的信号……

《2001：太空漫游》作者阿瑟·克拉克
专为青少年创作的科幻小说

★ "科幻小说黄金时代三巨头"之一、美国科幻与奇幻作家协会大师奖得主

★ 跨物种交流的奇思妙想，探讨人类与海豚的合作共赢

★ 《装在口袋里的爸爸》作者杨鹏作序推荐

　　死里逃生的约翰尼在海上漂流，就在他陷入绝望之际，一群海豚把他送到了海豚岛。在那里，约翰尼跟随教授学习海豚语，得知了海豚的请求。人类会帮助它们吗？暴风雨过后，海豚岛陷入绝境。海豚们再次发挥作用，带着约翰尼一起乘风破浪，踏上了惊险的求生之旅。他们能成功吗？

日本少儿科幻读物开山祖师的代表作

★ 作者获日本星云奖

★ 作品 3 次被搬上荧幕，电视剧由岩井俊二担任编剧

★ 《装在口袋里的爸爸》作者杨鹏作序推荐

学校来了一个长相俊美的转校生，他智商过人，运动能力超群，但行事作风十分古怪。一场普通的小雨令他开始胡言乱语，念叨着："核战争""放射性物质""世界末日"……后来，大阪市又发现了一批与他情况类似的转校生，引起一系列骚乱。他们究竟是什么人？来自哪里？有没有什么不可告人的目的？